HEYNE BÜCHER

SCIENCE FICTION

Herausgegeben
von Wolfgang Jeschke

ISAAC ASIMOVS

SCIENCE FICTION MAGAZIN

10. Folge

ausgewählt und herausgegeben

von

Birgit Reß-Bohusch

Deutsche Erstveröffentlichung

WILHELM HEYNE VERLAG
MÜNCHEN

HEYNE-BUCH Nr. 3807
im Wilhelm Heyne Verlag, München

Deutsche Übersetzungen von Eva Brossmann,
Susi Grixa und Birgit Reß-Bohusch
Das Titelbild schuf Karel Thole

Redaktion: Friedel Wahren

Printed in Germany 1981
Umschlaggestaltung: Atelier Heinrichs & Schütz, München
Gesamtherstellung: Mohndruck Graphische Betriebe GmbH, Gütersloh

ISBN 3-453-30709-7

INHALT

Somtow Sucharitkul

Die Strangtänzerin

Sie verharrte vor dem Sprung, in der winzigen Spanne zwischen Ein- und Ausatmen, und brachte mit den Zehen das lose Seil zum Schwingen. Der Kreis des grellen Scheinwerferlichts umgab sie — ein Mädchen von elf Jahren unter den Augen von einer Milliarde unsichtbarer Zuschauer.

Diesmal . . .

Nika bog flink die Zehen zum ersten Dreifachsalto ihrer Karriere. Sie ballte all die Stränge der Anspannung zu einem harten Neutronenknäuel tief in ihrem Innern und gab sie dann so unvermittelt frei, daß sie am Ende ihrer Gliedmaßen herausschossen und ihr den perfekten Bewegungsablauf verliehen . . .

Und glitt aus!

Nur einen Augenblick dauerte der Fall, doch er schien endlos zu sein in seiner Erstarrung. Ein Moment schneidender Klarheit war es. Und während dieses Herzschlags sahen ihre grauen Augen: — auf dem Boden zerschmetternde Kaleidoskope, zersplitternde Edelsteinlinsen, über Armaturen radschlagendes Feuer, Türen, die sich mit Monitoren und Regalen verschachtelten und . . .

(Es war nicht meine Schuld, daß ich ausglitt! dachte sie. *Etwas stieß mit Showsatelliten zusammen. In diesem System ist ein Krieg im Gang. Wir hätten uns nicht darauf einlassen sollen, unsere Aufnahmen hier zu machen, aber sie versicherten uns, daß wir als neutral gelten und Artisten absolut tabu sind, da sie unter den besonderen Schutz der Prüfer fallen!)*

— kopflos rennende Techniker; fremdartige Uniformen beider Seiten; Körper, die wie ein aufgescheuchter Vogelschwarm in alle Richtungen davonstoben; einen Mann, der mit dröhnender Stimme diesen Raumquadranten als besetzt erklärte; Artisten, die entsetzt das Gemetzel mitansahen und schrien . . .

(Sie schloß die Augen. *Ich werde sterben!* dachte sie bereits gleichgültig. *Das Zufallsopfer eines Krieges, der mich überhaupt nichts angeht.* Und dann wünschte sie, ihr Haar würde sie lang umwallen und nicht auf die Länge eines Zentimeters gestutzt sein, doch da erinnerte sie sich, weshalb sie es so kurz trug, und die Leere in ihr drohte sie zu verschlingen, und nun hatte sie gar keinen anderen Wunsch mehr als zu sterben.)

— das wie eine Schlange peitschende, sich windende Seil, in dem ihre Füße sich verfingen, und . . .

(Es ist mir egal! dachte sie heftig. *Ich bin Nika vom Clan der Rax, und die Show geht weiter, weiter, weiter, weiter . . .)*

Die Kuppel des Showsatelliten zersprang. Die Sterne glitzerten durch den Luftschild — und ein anderes Schiff, ohne die hier üblichen grellen Schriftzüge, wuchs zu immer größeren Dimensionen an und schob sich vor das Sternenlicht.

Wer mag das wohl sein? fragte sie sich verwundert in dem Sekundenbruchteil, ehe das Kraftfeld sie in die Schwärze schleuderte.

Nika öffnete die Augen. *(Weshalb lebe ich noch?* dachte sie.)

»Sie sind alle tot.« Die Stimme klang rauh, der Akzent fremdartig. »Denk nicht mehr an sie. Du mußt deinen inneren Frieden finden.«

Die Silhouetten von zwei Männern erhoben sich vor ihr, und dahinter . . . Sie vermochte nicht zu sagen, wo der Raum endete, in dem sie sich befand, und wo der wilde Tanz der laserhellen Lichter begann. Flammenzungen leckten an der Schwärze! Und zwischen ihnen schossen, sich drehenden Kinderkreiseln gleich, leuchtende Schwaden in Purpur, Grellrot, Himmelblau, Kadmiumgelb und Ultramarin dahin und verschmolzen mit der Dunkelheit.

. . . *wir sind in einem Sternenschiff!* Sie befanden sich demnach im Überkosmos, jenem *anderen* Raum mit den fremdartigen Dimensionen, wo die *Ferne* zur *Nähe* wird.

»Tot?« Sie schaute die Männer an, deren Gefangene sie war. *Wieviel Zeit war vergangen?* Immer noch spürte sie, wie ihre Füße vom Seil glitten, ohne daß sie es ändern konnte . . .

»Tot«, echote die rauhe Stimme. »Wir tun dir nichts, Mädchen. Wir haben dir das Leben gerettet.«

Er sah gut aus, doch war er für ihren Geschmack zu freundlich und zu auffällig gekleidet, seine Körperjuwelen glitzerten in dem Regenbogenfeuer draußen. Er mißfiel ihr sofort. Der andere wirkte streng, er war viel älter und von Kopf bis Fuß in ein Flimmergewand gehüllt.

Ein Prüfer! Also war Macht im Spiel. Große Macht!

Es geschah nicht das erstemal, daß Nika aus allem Vertrauten herausgerissen wurde. *Ich bin so müde!* dachte sie — sie wollte weinen. Aber sie wußte, daß sie es nicht tun würde. Sie hatte sich geschworen, nie wieder zu weinen.

»Sie sind alle tot, deine Freunde«, sagte der Prüfer nicht unfreundlich. »Einige hätten vielleicht einen Monat oder auch ein wenig länger überlebt — aber die Zeitdilatation war ihr Ende. Wir griffen in eine Schlacht ein, um dich herauszuholen.«

»Aber die Prüfer mischen sich doch nicht in lokale Kriege ein!« sagte sie. Als keine Antwort erfolgte, rief sie: »Diesmal hätte ich es *geschafft!*«

»Was geschafft?« fragte der jüngere Mann.

»Den Dreifachsalto!« antwortete sie. »Den Höhepunkt meiner Karriere, der auf Kristallen für eine Milliarde Zuschauer aufgenommen worden wäre!«

»Karriere!« brummte der Jüngere abfällig.

»Nicht in diesem Ton!« rief der Prüfer scharf. »Kehren Sie zu Ihrer Astrogation zurück, Kaz Amar.« Der junge Mann verbeugte sich und verließ sofort die Kabine. »Du bist doch noch ein Kind«, sagte der Prüfer, als sie allein waren. »Sprich nicht von einem Höhepunkt deiner Karriere, Nika, damit kannst du noch ein Jahrhundert warten.«

Nika spürte den aufsteigenden Ärger in sich. *Ich bin kein Kind!* Wie konnten sie es wagen, einfach über sie zu bestimmen! Alles hatten sie ihr genommen, ihre Heimatwelt, ihre Freunde, das Nomadenleben der Showsatelliten mit seinen Reisen von System zu System — und nun riß man sie einfach von der Schwelle ihres größten Erfolges.

(Wieder fühlte sie, wie das Seil ihren Füßen entglitt. Am liebsten hätte sie vor Wut zugeschlagen . . .)

Da hörte sie wie ein fernes Echo die Stimme von Iliash, der ihr Lehrmeister gewesen war: *Dräng deine Wut tief in dich hinein. Preß sie, wie die Gewalten einer Nova, zu einem Neutronenknäuel zusammen! Fester! Fester . . .* Die Stimme der Erinnerung hämmerte in ihrem Kopf.

»Nikkye . . .«, murmelte der Mann beruhigend.

»Nika! Ich bin kein Kind!« Welche Unverschämtheit, sie bei diesem Kosenamen zu nennen, wenn sie weder seine Geliebte noch eine gute Freundin war!

»Gut! Du hast Würde und Charakter!« lobte der Prüfer, während er sie abschätzend musterte.

»Bringen Sie mich *heim.«*

Der Prüfer blieb unbewegt stehen. Er ragte über sie wie eine dunkle Öffnung in einer Wand aus wirbelndem Licht. »Nika . . .«

»Ich bleibe nicht hier! Ich muß zurück auf meine Heimatwelt. Wenn ich fleißig trainiere, schaffe ich vielleicht die Großen Menschen-Spiele. Sie haben nicht das Recht, mich zu entführen!« Aber sie spürte, wie die Vergangenheit ihr entglitt, wie sie gar nicht mehr an eine Rückkehr auf die Heimatwelt, ja nicht einmal mehr an sich selbst glaubte . . .

»Nika«, sagte der Prüfer. »Du bist eine Rax, und wir brauchen dich. Du bist aufgewachsen, ohne dich für etwas Besonderes zu halten. Du meinst, du taugst nur etwas für die Manege, du seist zu klein für eine Kriegerin, zuwenig ausgebildet für eine Denkerin. Aber du bist eine der wertvollsten Personen im Reich der Menschheit. Du bist noch nicht völlig bereit für deine Aufgabe. Du hättest mehr Zeit, mehr Training gebraucht. Aber wir sind im Druck.«

»Ich verstehe nicht.«

»Hör zu. Ich bin Ton Exkandar z Vangyvel K'Ning, Prüfer und König.«

»Der Herrscher meiner Heimatwelt . . .« Verschwommene Bilder aus ihrer Kindheit schoben sich vor ihr inneres Auge.

»Ja, also sag nicht, daß ich kein Recht dazu habe, dich zu entführen.« Er hielt inne. Hinter ihm explodierte ein Feuerwerk aus einem Tintenmeer. Feuer kräuselte wie Rauch in der Dunkelheit. *Weshalb versucht er, sich zu rechtfertigen?* dachte Nika. Dann: *Er ist verwundbar.* Sie wollte ihm vertrauen, aber . . .

»Es ist unglaublich, daß wir dich brauchen!« rief er heftig. »Daß ich mich in einen unbedeutenden Krieg einmische wie ein Raumpirat, daß ich den Kidnapper spiele . . .«

»Aber weshalb brauchen Sie mich?« Sie war verwirrt, verärgert und verängstigt. »Haben Sie den Showsatelliten zerstört, nur um an mich heranzukommen?«

»Nein«, antwortete Ton Exkandar. »Wir unterbrachen den Krieg, denn du *mußtest* gerettet werden!«

Bin ich so wichtig? Ich bin doch nur ein kleines Mädchen! In welcher Art von Spiel werde ich eingesetzt?

»Jetzt werde ich es nie mehr tun können . . .«

»Was tun?«

Aber Nika hatte ihn aus ihren Gedanken ausgeschlossen, hatte sich von ihm abgewandt. Und nun beobachtete sie die sich ständig verändernden, lautlosen Muster und gestattete ihnen, sie zu beruhigen, sie zu hypnotisieren . . .

Sie stellte sich ein endloses Seil vor, das über den ganzen Überkosmos reichte, und eine Nika, die sich in endlosen Bildern fortsetzte, die sprang, mit mühelos scheinenden Bewegungen Saltos schlug und herabwirbelte, um unvorstellbar sanft auf dem Seil aufzusetzen . . .

Und ausglitt . . .

Es war ein Teufelskreis, ein Holo, stets von neuem abgespult, dem auch die Zeit nichts von der schmerzhaften Schärfe nehmen konnte.

Wie konnte sie sich gegen diese Leute wehren? Sie wußte nicht einmal, wer sie waren und was sie wollten. Und sie hatte schon gegen zu viele Menschen gekämpft, um das werden zu können, was sie war. Sie war müde. Ausgelaugt!

»Und jetzt werde ich es nie mehr tun können!« murmelte sie hoffnungslos.

Sie ließ sich nicht in Stase versetzen, also hatte sie drei Monate subjektiver Zeit im Überkosmos — und nichts zu tun.

In ihrer Kabine befand sich eine konvexe graue Wand, die auf einen Fingerdruck durchsichtig gemacht werden konnte und einen Ausblick auf den Wahnsinn draußen erlaubte. Wenn sie wach war, lag sie auf ihrer Koje und starrte hinaus.

Man hatte eine Reihe von übereinanderliegenden Querstangen angebracht, damit sie trainieren konnte, aber sie rührte keine an. Sie schaute sie nicht einmal an — denn sie erweckten den Verdacht in ihr, daß ihre ganze Kindheit manipuliert gewesen, auf etwas zugelenkt worden war, das man ihr immer noch nicht sagen wollte. Es gab nichts für sie zu tun als ihren Erinnerungen nachzuhängen. Und das tat sie in den Augenblicken, ehe sie einschlief oder nachdem sie sich durch ihr Hinausstarren in die tanzenden Farben selbst in Trance versetzt hatte . . .

Sie war sechs, und die Kinder waren alle in den Krieg gezogen. Den ganzen Weg vom Waisenhaus war sie gelaufen, um ihnen nachzuschauen, und sie hatte sich an die Wand gelehnt und zugesehen, wie die Schiffe einer Schar silbergrauer Tauben gleich aufgestiegen und an den fernen kalten Sonnen Vangyvels vorübergeflogen waren.

Mutter entdeckte sie weinend unter einem Flüsterbaum, steckte eine pelzbedeckte Metallhand aus und strich sanft über die Kinderstirn, und der Baum sang eine weiche Begleitung, als Vangyvels Wind seine flötengleichen Behälter berührte . . . »Weine nicht«, sagte Mutter in tröstendem Modus.

»Ich möchte auch . . .«

»Das wirst du, ja, das wirst du — doch jetzt bist du noch zu klein, zu wertvoll, zu rar«, sagte es und erhöhte seine Mitgefühlschwingungen bei jedem Wort um eine Stufe.

»Mit mir stimmt etwas nicht! Ich weiß es! Ich weiß es!« Sie begann wieder zu schluchzen, mit dieser absoluten, unbeschreiblichen Hilflosigkeit, wie nur Kinder sie empfinden. Sie war schon eine ganze Weile nicht mehr gewachsen, und ihre Knochen waren dünn und hohl. »Ich bin ein Mutant oder irgend etwas ähnliches! Warum wäre ich sonst in einem Waisenhaus?«

»Du bist etwas ganz Besonderes, Kind, nur kann ich dir jetzt noch nicht mehr sagen . . .«

(Und das häßliche Entlein wird zum Schwan! dachte Nika bitter.) Mutter war so programmiert, daß es sie belügen mußte. Schließlich war es nur eine Maschine. Der Baum schien ihr Schluchzen nachzuahmen, sie zu verspotten, wie andere Kinder es immer taten . . .

»Ich werde nie wieder weinen!« rief sie heftig. »Ich werde etwas mit meinem kleinen Körper machen, das niemand sonst fertigbringt!«

»Recht so, mein kleines Mädchen.«

»Gut, Mutter. Nikkyeh wird jetzt heimgehen.« Sie trat zur Versetzscheibe und gab die Koordination ein.

Das war der Tag gewesen, an dem sie zum erstenmal diese Leere in sich empfunden hatte, die danach schrie, gefüllt zu werden. Und sie hatte ihren Grimm hineingeworfen.

Später widmete sie sich mit Leib und Seele dem Seiltanz. Sie mußte wenigstens in etwas gut sein. Ihr Gleichgewichtssinn war ungewöhnlich, unnatürlich, sagten alle. Und das stimmte.

Wie ein Kreisel konnte sie sich auf dem Seil drehen. Auch ganz langsam brachte sie es fertig, daß die Zuschauer blau anliefen, weil sie vor Aufregung den Atem so lange anhielten. Sie vermochte die Spannung unendlich auszudehnen und zum kaum vorstellbaren Höhepunkt zu führen.

Der Rax Iliash war ihr Lehrmeister. Sie brachten ihn zu ihr, um sie so noch weiter zu ermutigen. Er war älter, etwa zwölf, schätzte sie, aber ebenfalls klein wie sie. Zwei Jahre bildete er sie aus, holte alles heraus, was in ihr steckte. Er wußte und konnte viel, er, der selbst nur ein Kind zu sein schien.

Die Augenblicke, da sie all ihren brennenden Ärger über ihr Anderssein, all ihre Frustration, weil sie vielleicht nicht normal war, in fast schmerzhaft schöne parabolische Bewegungen über die Leere legte, waren die ihres Triumphes, ihr höchstes Glück. Schließlich machte man Kristalle von ihrem Seiltanz, und sie wurden Nomaden. Das unverwurzelte Leben auf den Showsatelliten gefiel Nika — was hatte ihr die Heimat schon anderes gege-

ben als den Spott der Kinder? Bei der Weihe hatte auch sie den Clantitel der Rax bekommen. Weder sie noch Iliash kannten andere, die diesem Clan angehörten. Sie hatte an der Weihe nicht einmal teilzunehmen brauchen, der Gerechtigkeitsprüfer hatte ihr den Titel ohne Formalitäten ausgehändigt ...

»Aber soll ich denn nicht geprüft werden?« Sie war gegen alle außer Iliash immer mißtrauisch gewesen.

Besorgt und überarbeitet hatten die Augen durch sie hindurchgeblickt, und der Prüfer hatte gesagt: »Tochter, du bist eine Rax. Wir dürfen dich nicht vergeuden.« *Was sollte das nur bedeuten?*

Einmal waren Iliash und sie zu der Zoowelt gereist und hatten sich wie Touristen umgesehen und die sorgfältig imitierte Umwelt bewundert: den Feuerschnee von Ont; den Methannebel von Brekekekex; die Flußberge von Ellory; die Bernsteinhimmel von Lalaparalla und die Tiere, die dort zu Hause waren; krebsähnliche Geschöpfe; Feuerkreaturen; Wesen, die Wolken ähnelten, und andere, die wie Ballone aussahen ...

Als zwei unschuldige Kinder waren sie Hand in Hand herumgewandert. Zwischen den von Kraftfeldern geschützten fremdweltlichen Szenerien befanden sich Korridore mit den für Menschen benötigten Umweltbedingungen.

Sie kamen zu einer Höhle, in der ein Kristallgeschöpf schlief. Die Besucher drängten sich dichter an den Schutzschild, als es erwachte.

Plötzlich drang ein Schmerzensstoß aus der Höhle und traf Nika fast körperlich. »Hast du es auch gespürt?« fragte sie.

»Ja. Ja.« Seine grauen Augen, die ihren ähnlich waren, wirkten beunruhigt. Die Neugierigen hatten nichts gespürt, sie beugten sich so tief hinab, daß sie fast das Kraftfeld berührten, und murmelten:

»Oh, wie niedlich! Wie süß!«

Iliashs Hand zerquetschte Nikas fast. Wellen des Schmerzes brandeten auf und verebbten. »Ich halte es nicht aus!« wimmerte Nika. Und dann rief sie laut: »Es ist ein Irrtum. Das ist ein vernunftbegabtes Wesen! Man darf es nicht gefangenhalten!«

Merkwürdige Blicke bedachten sie, Gelächter beantwortete ihre Anklage. Sie konnte sich vor Schmerz kaum noch auf den Beinen halten. Iliash zerrte sie den Pfad weiter, fort von der Menge der Neugierigen.

Sie erreichten ein Feld, auf dem zehn Meter hohes Getreide unter einem tintenblauen Himmel wuchs. »Nikkyeh«, sagte Iliash, »du und ich, wir besitzen diese Empathie. Sie ist etwas des Besonderen, das nur wir haben — eine Empathie für Fremdwesen. Du und ich, wir sind so *gezüchtet,* Nikkyeh! Die Prüfer haben etwas Bestimmtes mit uns vor.«

Sie hatte sich an ihn geklammert: Aber sie waren nur zwei Kinder, die man nicht ernst nahm.

Bald darauf reiste der Showsatellit zu einem anderen System. Nika begann für den Dreifachsalto in 0,5 g zu trainieren. Kein Seiltänzer hatte das bisher fertiggebracht. Sie arbeitete mit einer Entschlossenheit und Hartnäckigkeit, wie sie bei Kindern selten war. Sie mußte diese Leere in sich füllen! Sie dürstete nach Training . . .

Und so vergaß sie alles, was den besonderen Grund der Prüfer betraf. Es war auch gar nicht wichtig. Sie befand sich jetzt weit von Vangyvel entfernt, und das Reich der Menschheit umfaßte einen beachtlichen Teil der Galaxis.

Aber als sie neun war, verließ Iliash die Truppe.

Sie sagte ihm Lebewohl auf einem Wüstenplaneten, einer trostlosen Welt mit endlosem Sand unter einem saphirblauen Himmel. Iliash stand — merkwürdig, daß er überhaupt nicht mehr gewachsen war — neben zwei hohen Gestalten in Flimmergewändern. Prüfer! Und hinter den dreien . . .

Es war eine Kugel, pechschwarz, völlig glatt, etwa zehn Meter im Durchmesser. Sie sah aus, als sei sie absolut substanzlos, und Nika hatte das Gefühl, als sei ein Teil der sandigen Landschaft und des Himmels verschwunden, habe zu existieren aufgehört. Natürlich war es eine Tachyonblase. Prüfer benutzten sie, um auf schnellste Weise durch den Raum zu reisen. Gewöhnliche Sterbliche kamen überhaupt nicht an sie heran. Selbst im Überkosmos verging noch subjektive Zeit, obgleich man dort schneller als mit

Lichtgeschwindigkeit reisen konnte. Der Überkosmos hatte seinen eigenen Überkosmos — durch ihn, durch seine höchsten Ebenen konnten die Tachyonblasen versetzt werden, indem sie die Abkürzungen noch abkürzten.

Sie wirkte schwarz, weil sie nicht einmal Teil des Universums war. Und nur die Prüfer durften Tachyonblasen benutzen, weil ihr Energieverbrauch enorm war und auch weil sie den niedrigeren Clans zuviel Macht verleihen würde.

Nikas Herz pochte heftig. *Zwei* Prüfer! Eine Tachyonkugel! Also mußte Iliash irgendwie wichtig sein.

Aber er war doch nur ein kleiner Junge!

Sie blickte den Freund an, dessen graue Augen ihren eigenen so sehr ähnelten, der ihren Clannamen teilte, den sie nun für immer verlor. Würde man eines Tages auch sie holen?

»Du bist alles, was ich habe, Ilyeh!«

Die beiden Prüfer warfen einen ungeduldigen Blick auf sie. Es war nicht viel Zeit.

»Ilyeh!« Sie hielt seine Hand ganz fest.

»Nikkyeh«, sagte er. »Ich weiß jetzt, wozu die Prüfer uns machten. Jetzt gehe ich, um zu tun, was ich tun muß . . .«

Hilflos tobte die Wut in ihr. *Dräng ihn tief in dich hinein, den Neutronenknäuel!* »Ich liebe dich, Ilyeh«, murmelte sie. *(Wirklich?* fragte sie sich.) »Wenn wir älter sind, wenn die Zeitdilatation uns altersmäßig nicht zu sehr getrennt hat . . .«

»Sprich nicht von dem, was nicht sein kann!« flüsterte er. Seine Augen wirkten sehnsüchtig, doch ohne Hoffnung.

»Was meinst du damit?«

»Du und ich . . .« Abrupt hielt er inne und drehte sich um, um zu sehen, ob die beiden Prüfer sie beobachteten. »Für uns gibt es keine Pubertät. Wir wachsen nicht. Wie alt bin ich, Nikkyeh? Wie alt, glaubst du? Ich bin *siebenundachtzig!«*

Nika ignorierte es, sie konnte es nicht glauben. »Du kannst dich weigern, mit ihnen zu gehen!« Ihre Stimme klang flehend.

»Sie machen uns zu gut«, murmelte Iliash. »Sie machen uns so gut, daß wir das tun *wollen,* was wir tun müssen. Sie pflanzen das Verlangen danach in uns . . .«

»Wonach?« fragte sie stumpf. »Es verlangt mich nur nach dir.«

»Du wirst sehen, das ändert sich!« Er wandte sich zum Gehen. Die beiden Prüfer verschwammen mit der Tachyonblase. Die Beine des einen waren bereits in der Kugel verschwunden. Sie fühlte sich verlassen, belogen. Er war auch nicht besser als Mutter.

»Was willst du damit sagen?« brüllte sie ihm nach. »Was könnte mir mehr bedeuten als du?«

»Der Dreifachsalto!« rief er zurück. Er warf ihr eine Kußhand zu, drehte sich um und sprang in die Blase. Plötzlich war die Maschine nicht mehr. Sie hatte keine Eindrücke auf dem Sand hinterlassen. Nur die Spuren von drei Paar Füßen führten dorthin, wo sie sich befunden hatte — und endeten im Nichts. Nika drehte sich um und kehrte zu dem Flugboot zurück, das sie hierhergebracht hatte.

Nun fühlte sie sich leerer denn je zuvor. Selbst Iliash, dem sie vertraut hatte, hatte sie nun verraten.

Der Dreifachsalto! Wie grausam! Wie konnte er sich so über sie lustig machen?

Aber es stimmte.

An diesem Tag hatte sie sich in ihrem Ärger das Haar bürstenkurz gestutzt und beschlossen, an nichts anderes mehr zu denken als an den Dreifachsalto, all ihren Grimm an ihn zu verfüttern!

»Weshalb benutzt du denn die Stangen nicht?« fragte Exkandar sanft. Zwei Monate waren vergangen, und Nika hatte, als verzweifelten Abschied von ihrer Vergangenheit, ihr Haar wieder wachsen lassen. Es war nun lang und feurig wie eine Nova.

»Wenn Vögel sich nicht wohl fühlen, singen sie nicht«, antwortete sie.

»Nun, wie du meinst.«

»Weshalb behandeln mich alle hier so voll Geduld?« fragte sie, und sie wirkte plötzlich so zerbrechlich.

»Du bist unersetzlich«, sagte Exkandar. »Die anderen nicht. Sie haben sogar ein wenig Angst vor dir.«

»Aber warum denn?«

»Du wirst es noch erfahren.«

Sie beobachtete eine grüne Flammenschwade, die sich allmählich in eine sich verrückt drehende Spirale verwandelte, ehe sie mit der Dunkelheit verschmolz. *»Du wirst es noch erfahren! Du wirst schon sehen!* Könnt ihr nicht einmal etwas anderes sagen?«

»Nika, ich weiß nicht, ob du es schon verkraften würdest. Du bist zu jung. Ich riet davon ab . . .«

»Sie könnten mir doch wenigstens einen Hinweis geben . . .«

»Also gut«, sagte er schwer. »Wir brauchen mehr Sternenschiffe. Ein Krieg steht bevor, ein Krieg gegen Fremdintelligenzen.«

»Das betrifft mich nicht. Artisten sind neutral.«

»Warte, hör mir zu!« *Wie müde er klingt!* dachte Nika. »Wie funktionieren Sternenschiffe? Das müßtest du wissen.«

Nika lachte. »Sie werden durch einen Astrogator, der mit einem delphinoiden Schiffsgehirn in Verbindung steht, durch den Überkosmos navigiert«, sagte sie. Als Exkandar schwieg, fuhr sie fort. »Delphinoiden sind Riesenkreaturen, die nur aus einem Gehirn bestehen. Man fängt sie auf – auf . . . Mir fällt der Name des Planeten nicht ein. Jedenfalls fängt man sie auf einer fremden Welt ein. Sie sind imstande, den Überkosmos direkt wahrzunehmen. Sie werden kybernetisch in die Schiffe eingepflanzt – durch irgendeinen Kristall . . .«

»Stimmt«, sagte Exkandar. »Es handelt sich um halbintelligente Kristalle, die Partikelströme in den Überkosmos richten und lenken können.«

»Aber«, fuhr Nika fort, »man hat uns in der Schule nie gesagt, woher diese Kristalle kommen.«

»Und genau das ist dein Hinweis«, murmelte Exkandar. Mehr war aus ihm nicht herauszubringen.

Nika dachte darüber nach. Man hatte sie – ihre Gene – so manipuliert, daß ihr Körper kaum wuchs und sie eine hohe Empathie gegenüber Fremdwesen besaß. Sie brauchten Sternenschiffe, hatte Exkandar gesagt. Und die Schiffe brauchten Kristalle. *Aber das ergibt keinen Sinn!*

Exkandar sagte: »Ich möchte, daß du wieder trainierst. Benutz die Stangen, Nika.« Sie betrachtete den Aufbau. Es waren leichte, fingerdicke Rohre aus einem elastischen Kunststoff, und sie reichten in verschiedenen Höhen von Wand zu Wand. Einen Herzschlag lang wollte sie sich auf die unterste schwingen, von einer Stange zur anderen springen, bis sie auf der höchsten tanzen konnte ...

»Nein«, murmelte sie. *Tue ich damit ihnen oder mir weh?* fragte sie sich. Exkandar nahm ihre Weigerung als Verabschiedung auf und verließ ihre Kabine. Nika staunte darüber. Wie seltsam war es doch, daß ihr Wort eine solche Wirkung auf einen König und Prüfer hatte. Doch nachdem sie sich vergewissert hatte, daß sie nicht beobachtet wurde, schwang sie sich mit einem mühelosen Sprung hinauf auf die unterste Stange und dann zur nächsten und immer höher, als seien es die Stufen zu einer Pyramide. Als sie die höchste erreicht hatte, lief sie so flink auf Zehenspitzen darüber, daß ihr Gewicht sie kaum bog. Ihre Gedanken schweiften ab ...

Sie schwankte. *Außer Übung!* Sie erinnerte sich, wie sie gestürzt war, und dann rutschte die Stange unter ihr weg; rasch fing sie sich mit den Händen ab und zog sich wieder hoch.

O nein! Sie haben mir die Sicherheit genommen!

Sie empfand eine neue Art von Unbehagen. *Ich habe Angst!* dachte sie erstaunt.

Ein paar Tage danach erreichten sie einen namenlosen Planeten, einen Knotenpunkt im Tachyon-Universum. Es war eine von Schneestürmen heimgesuchte Welt, deren einzige Bewohner die Besatzung des Knotenpunkts war, und sie alle gehörten dem Clan der Nartak an — ein Name, den Nika bisher noch nie gehört hatte.

Exkandar und sie landeten in einem Beiboot, um hier in eine Tachyonblase umzusteigen. Sie materialisierte hoch über ihnen und schob sich vor zwei oder drei der Schneewolken, ehe sie durch das Kuppeldach sank, als sei es leere Luft. Ein Summen war zu hören. Ein Prüfer, genau wie Exkandar in einem einfachen Flimmergewand, erschien aus der schwarzen Kugel.

Enttäuschung zeichnete sich auf seinem Gesicht ab. »Nur eine?«

»Außer ihr konnten wir keine aufspüren«, sagte Exkandar schnell. »Und sie ist noch fast ein Kind mit ihren elf Jahren.«

»Eine Katastrophe!« brummte der neue Prüfer. »Kommen Sie, du ebenfalls.« Er wandte sich an Exkandar. »Ist sie vorbereitet?« Er spielte mit seinem Flimmergewand.

»Sie weiß überhaupt nichts«, erwiderte Exkandar. »Die Umstände, die sie zu uns brachten, waren — traumatisch. Ich hielt es für das beste . . .«

»Schon gut.« Der andere verschwand. Exkandar schob das Mädchen voraus in die Blase. Doch als sie das Ding betreten hatte, konnte sie nicht mit Sicherheit sagen, ob sie sich tatsächlich im Innern befand. Sie bewegten sich plötzlich in die Luft. Nika empfand weder Aufregung noch Verwunderung, nur die gleiche Stumpfheit, die seit ihrer Gefangennahme Besitz von ihr ergriffen hatte. Aber kurz ehe sie verschwanden, dachte sie:

Sie haben auch Iliash dorthin gebracht!

Sie schloß die Augen und sah sein Gesicht vor sich, als blicke sie in einen Spiegel: die Augen, die so sehr wie ihre waren, die Jungenhaftigkeit, von der sie nun wußte, daß sie langjährige Erfahrung übertünchte.

Sie lächelte — zum erstenmal seit dem Angriff auf den Satelliten — und klammerte sich an sein Erinnerungsbild, entschlossen, es nie wieder loszulassen.

Es war ein unglaublich winziger Planet mit einem viel zu nahen Horizont, wie der eines Asteroiden. Sein Durchmesser betrug kaum fünfzig Kilometer. Er hatte einen Neutronenkern, vielleicht von der Größe eines Weinkelchs, dichter noch als die degenerierte Materie weißer Zwerge, hatte sie gehört. Oder vielleicht wie eine brodelnde Brühe aus Quarks, oder gar zu einem Schwarzen Loch komprimiert . . . Jedenfalls, was immer es war, es verlieh dem Planeten eine Oberflächengravitation von 0,78.

Sie haßte diesen Planeten!

Er hatte verrückte kahle Felsschroffen, grau und eintönig, die aus grauen spiegelglatten Seen ragten. Auch der Himmel war grau, ein monotones, undurchdringliches Grau wie Iliahs Augen, wie Nikas Augen.

Nika und Exkandar blickten aus dem Gleiter, der sich über den Bergen in der Luft hielt.

»Ein künstlicher Planet«, sagte sie. An dieser Tatsache bestand kein Zweifel, doch statt Staunen darüber zu empfinden, fühlte sie Abscheu.

»Ja«, bestätigte Exkandar, »doch nicht von uns errichtet — nicht von Menschen, sondern von einer längst ausgestorbenen Rasse. Eine Welt, eigens geschaffen zur Züchtung von Tarnkristallen. Wir haben noch nicht alle Parameter durchschaut. Es ist uns unmöglich, diese Welt und ihre Funktionen zu duplizieren. Der Neutronenkern, beispielsweise — wir wissen nicht, wie wichtig er ist. Und wenn er wirklich von großer Bedeutung sein sollte, könnten wir ihn nicht kopieren.«

Der Gleiter senkte sich zu dem erschreckend nahen Horizont hinab und mußte den Felsspitzen ausweichen. Nika hörte ein leises Rumpeln am Rand der Wahrnehmbarkeit. »Was ist das?« fragte sie. Irgendwie fühlte sie sich von diesem Geräusch *angezogen . . .*

»Die Berge sind brünstig.«

»Oh!« Die zwei Tage, die sie schon hier war, hatten zu ihrer Verwirrung nur noch beigetragen. Etwas streifte ihr Gesicht. Sie wollte verärgert danach schlagen . . .

Als sie hochblickte, sah sie einen riesigen Schmetterling mit einer Flügelweite von etwa einem Meter über sich. Sie stieß einen Schrei aus, doch eher überrascht als erschrocken.

Der Falter blieb über ihr schweben, und so konnte sie nun sehen, daß seine Ähnlichkeit mit einem Schmetterling nur oberflächlich war. Er hatte unzählige Flügelschichten, jede papierdünn und durchsichtig, die das Licht in tausend Farben brachen; zwei Beine, die sowohl kristallin als auch muskulös wirkten; und einen kleinen, ovalen Schädel mit sechs oder sieben augenähnlichen Organen. Aus dem Kopf schossen Papierfächer — das heißt, sie sahen so aus —, die glitzerten, wenn das Licht auf sie fiel. Die Flügel bewegten sich, vibrierten schneller, als das menschliche Auge es wahrnehmen konnte, und dann hielten sie plötzlich an, denn ein Wind kam auf, der den Falter trug. Die Fächer rotierten nervös und fingen das Licht auf, von dem es hier allerdings nur wenig gab, denn fast ständig verbargen graue Wolkenschleier die Sonne.

Das Tier beobachtete den Gleiter und seine Passagiere lange Zeit. Die gleiche Windströmung trug sie beide.

Engel, dachte Nika, *Fee, Märchengeschöpf* . . . ihr Herz setzte einen Schlag aus. Etwas in der Leere ihres Innern sprach auf dieses Wesen an . . .

Plötzlich erzitterte die Kreatur am ganzen Körper. Sie breitete ihre Flügel aus, schwang sie in schnellem Rhythmus. Ein schillernder Lichterkranz bewegte sich durch das Grau. Die Schwingen schwirrten in blendendem Glanz zu den Wolkenbänken und ließen flüchtig das Bild eines flimmernden Regenbogens zurück.

So schön! »Ich wollte, ich wäre wie dieser Falter«, sagte Nika, »und säße nicht in der Falle.«

»Es ist ein Farfal«, erklärte ihr Exkandar. »Die Farfellor sind die Larvenform . . .«

»Wovon?« fragte sie, als sie um einen weiteren Felsen bogen und über einen tödlich stillen See glitten.

»Der Tarnwesen.«

»Dann leben in den Bergen also Tiere?« Sie versuchte nicht zu interessiert zu klingen, aber unwillkürlich . . .

»Nein. Sie *sind* die Berge.«

Nika drehte sich so heftig um, daß der Gleiter fast kippte. Sie sah die Felsschroffen am Horizont, die knorrigen Formen, die sich den aschgrauen Wolken entgegenstreckten . . .

»Wer immer diesen Planeten erschuf, war uns in vielfacher Hinsicht überlegen: in der Technik, in der Genmanipulation . . . Tarnkristalle, die Dinger also, welche die Gehirne der Delphinoid-Schiffe lenken, sind die unbefruchteten Eier dieser Berge«, sagte Exkandar. »Die vollentwickelte Form ist ortsfest, monströs, aufgebaut aus Silizium; Siliziumketten, die durch Photosynthese aus dem grauen Sonnenlicht und der silikatreichen Kruste entstehen, deren Salze das Seewasser auflöst. Vielleicht reichen ihre Wurzeln bis zum Neutronenkern hinunter — in ihrer Partikelemission sind noch nicht geklärte Anomalien — und ernähren sich von seiner Energie. Wir wissen nicht genau, wie es funktioniert, aber der Planet ist ein Glückstreffer für das Reich der Menschheit — ein Geheimnis, über das der Mensch vor vielen Jahrtausenden gestolpert ist und das die Verbindung der menschlichen Rassen untereinander aufrechterhalten hat, das unsere Kultur stabilisierte und bereicherte . . .«

So also behalten die Prüfer die Herrschaft über das Reich der Menschheit, dachte Nika. *Und es ist noch dazu ein so unsicheres Geheimnis. Sie sind so verwundbar. Ohne die Kristalle würden sowohl Kriege als auch der Außenhandel ein Ende finden.*

Aber was hat das mit mir zu tun?

Der Clan der Rax — sind wir vielleicht Tarnkristallsammler? fragte sie sich. *Wie entwürdigend!* dachte sie. *Im Gestein herumzuscharren, obwohl ich die größte Seiltänzerin des Reiches hätte werden können.* Es klang nicht logisch.

»Fliegen wir weiter.« Exkandar blinzelte, und Nika erkannte, daß er den Gleiter durch eine Gehirnimplantation lenkte. Bald schon schwang sich die Maschine hoch über den See, bog um einen Gipfel, und der Horizont rückte immer näher . . .

Sie kamen zu einem Plateau, das von einem Wall gedrungener Berge umgeben war. Ein Schwarm Farfellor schoß an der Felswand vorbei und stieg in einem perfekten Kreisbogen in die Höhe wie eine von unsichtbarer Hand hochgezogene Halskette.

Der Gleiter hielt am Rand des Plateaus an, und sie stiegen aus. Das Rumpeln erklang erneut. »Meinten Sie das, als Sie sagten, der Berg sei *brünstig?*«

»Die Dinger haben ihre Zyklen. Doch schau jetzt einmal geradeaus!«

Nika tat wie geheißen. Einen Augenblick vergaß sie, daß sie eine Gefangene war und ein unbekanntes und wahrscheinlich unerfreuliches Geschick ihrer harrte.

Graue Statuen von Farfellor standen am Plateaurand und starrten über die Leere auf den Ring der Tarnwesen. Nika näherte sich einer und berührte sie ganz vorsichtig. Sie fühlte sich so kalt wie Marmor an. Jetzt schossen zwei oder drei Farfellor, die hoch über ihren Köpfen gekreist hatten, in schillerndem Glitzern herab und landeten neben ihnen. Gleich darauf erstarben ihre Bewegungen. Während Nika sie noch beobachtete, wuchsen graue Venen und breiteten sich über die papierfeinen Schwingenschichten aus, legten sich über die kristallinen Beine . . .

»Sie sterben!« rief sie erschrocken.

»Nein, es ist eine Metamorphose. In ein paar Jahren, vielleicht auch erst in einem Jahrhundert, wird ein weiteres Tarnwesen hier wachsen. Es gibt eine aktive Periode der Fortpflanzung. Danach verhält der Berg sich still und bewegt sich nie mehr. Vielleicht ist er tot oder schläft auch nur. Wir wissen es nicht. Sind sie vernunftbegabt, Nika? Du wurdest für Empathie mit Fremdwesen gezüchtet . . .«

Sie lauschte auf Ausstrahlungen anderer Gehirne. Aber sie war nicht sicher. Vielleicht vernahm sie tatsächlich eine Stimme, aber es war nicht mehr als ein Murmeln, das so fern klang, als käme es von einer anderen Welt. »Ich weiß es nicht«, antwortete sie schließlich.

»Keiner von euch konnte es je mit Sicherheit sagen.«

Welch fremdartige Welt! Und sie war so allein auf ihr. Sie drängte ihre Angst immer verzweifelter zurück und hoffte, sie würde zu Nichts verfliegen. »Wo sind die anderen Rax? Wo ist Iliash?« Sie wußte, daß er ihr etwas verheimlichte. »Weshalb wir? Müssen wir sterben, um eure kostbaren Kristalle aus den Bergen zu holen, ist es das?« Einen Augenblick sehnte Nika sich nach dem tröstenden Streicheln von Mutters pelzbedeckter Metallhand. *Ich darf mich nicht wie ein Kind benehmen,* mahnte sie sich. *Ich muß kämpfen . . .*

»Es fällt mir schwer, es dir zu sagen, Kleines. Wir Prüfer . . .« Exkandar hielt inne und wählte seine Worte sorgfältig. ». . . sind von Mitleid geprägt. Bei der Weihe werden wir dieses Charakterzugs wegen erwählt. Ich bringe es nicht fertig . . .«

Was konnte es nur sein, das ihm so zu schaffen machte? Nika fiel nichts als der Tod ein. Panik erfaßte sie. Sie sprang auf und

rannte zum Gleiter. Doch Exkandar schnitt ihr den Weg ab. »Nein, es ist nicht, was du denkst! Komm, wir wollen uns alles ansehen, was ich dir zu zeigen habe.« Und wieder wirkte er so verwundbar, daß Nika Mitleid mit ihm empfand, obgleich sie wußte, daß sie das Opfer war, nicht er.

Etwa vierzig Kilometer entfernt befand sich ein besonders mächtiger Gipfel, der in die Wolken hineinragte. Sie flogen in ein kleines, an drei Seiten offenes Bauwerk, das in den Sockel des Berges führte. Stufen waren in den Fels gehauen. Und es gab hier auch noch weitere Häuser, ein kleines Dorf. Menschen — Wachen oder Arbeiter — in blendend hellen Kitteln liefen hastig durch den Korridor. Als sie Exkandar sahen, verbeugten sie sich. Beim Anblick von Nika sperrten sie die Augen auf.

Am Ende des Korridors befand sich ein winziger, kreisrunder Raum, mit gewiß nicht mehr als einem Meter Durchmesser. Er führte in absolute Dunkelheit.

Es ist ein Tunnel! dachte sie. *Sie werden mich dorthinein schieben, und ich muß nach Eiern graben . . .* »Sie können mich nicht zwingen, dort hineinzugehen!« keuchte sie hysterisch.

»Die anderen Rax haben sich in den Tunnels verlaufen, nicht wahr? Ihr habt uns extra so klein gezüchtet, damit wir dort hineinpassen und den Rest unseres Lebens darin verbringen. Nein, ich weigere mich . . .«

Exkandar starrte sie ungläubig an, dann lachte er schallend, zum erstenmal, daß er überhaupt lachte, seit sie ihn kannte.

Einer der Arbeiter fragte: »Herr der Prüfer, weiß sie es denn nicht?«

Der Berg rumpelte ein wenig. Die Arbeiter sanken auf die Knie und schienen zu beten.

»Sie kennen die Wahrheit nicht«, flüsterte er Nika zu. »Sie verehren die Tarnwesen. Sie sind die Eiersammler. Sie klauben sie auf, wenn sie die Ovidukte herunterrollen — das sind die Tunnels —, und sie werden auch dich verehren. Wir weckten diese religiösen Vorstellungen, um zu verheimlichen, was die Eier in Wahrheit sind . . .«

»Aber worin besteht meine Rolle denn?« Nikas Geduld war

über alle Maßen strapaziert. »Was ist mit Iliash? Hat man denn nicht einen Rax namens Iliash hierhergebracht?«

Exkandar antwortete nicht darauf. Er nahm sie bei der Hand. »Ich werde dich jetzt herumführen.«

Am Eingang stiegen sie in einen Gleiter und schwebten aufwärts, dicht am Gefälle des Tarns entlang.

Nika strengte die Augen an, um vielleicht Spalten oder Unregelmäßigkeiten der Oberflächenstruktur oder auch nur in der Farbe zu entdecken, aber sie fand nichts, der Tarn war eintönig grau und völlig glatt.

Sie schwebten zu einem Sims an der Felswand. Der Prüfer sprang aus dem Gleiter und deutete. Zuerst fiel Nika nichts auf ...

Doch dann sah sie es!

Aus der Felswand erstreckte sich, straff über den Abgrund gespannt, bis es sich im allgegenwärtigen Grau verlor — ein Seil! Sie rannte zum Rand, kniete nieder und beugte sich darüber, um es zu berühren. Es — es fühlte sich an, als sei es für sie gemacht! Seine Elastizität war genau richtig, die Stärke, wie sie sein sollte. Eine Zirkusmanege in der Wildnis eines namenlosen Planeten!

Etwas in ihr fühlte sich angesprochen. Sie sehnte sich danach, über dieses Seil zu laufen ...

Ihre Blicke folgten ihm entlang, und so entdeckte sie dünne Stränge, die parallel verliefen, andere, die es überquerten, und weitere unter- und oberhalb davon. Sie konnte diese Seile nur dann sehen, wenn das Licht im richtigen Winkel darauffiel oder der Wind sanft daran zupfte.

Sie setzte einen Fuß auf das Seil — und erinnerte sich ...

(Das Seil, das unter ihr wegglitt, der schwindelerregende Anblick von Menschen und Maschinen in Flammen — *ich wurde entführt! Ich müßte wütend sein! Ich sollte nichts tun, was sie von mir verlangen!)*

Sie empfand Angst, die Angst, die sich ihrer zum erstenmal bemächtigt hatte, als sie auf dem Schiff wieder zu trainieren versucht hatte. Sie bemühte sich, sie zu überwinden, kniete nieder und strich sanft über das Seil, prüfte seine Spannung ...

»Das sind die Nervenstränge der Tarnkreatur. Wenn sie brünstig ist, werden die Larven — und du — sie rufen hören. Die Farfellor fliegen dann herbei, tanzen leichtfüßig auf den Strängen und erregen den schlafenden Berg. Nach einer Weile — manchmal schon nach einer halben Stunde, doch hin und wieder auch erst nach einem halben Tag oder mehr — löst er die Eier, eines nach dem anderen. Sie rollen die Tunnel hinunter zu den Ausgängen der Ovidukte. Der tanzende Farfal schickt Empathiesignale über den ganzen Planeten und ruft so die Farfellor zum Tunneleingang, damit sie die Eier befruchten. Tausende von ihnen eilen im Sturmflug herbei. In ihrer Hast streifen sie gegen den Berg und brechen sogar Stücke von ihm . . .

Und danach sind sie völlig erschöpft. Sie haben alles aufgebraucht, ihren Samen, ihre Energiereserven — denn Farfellor nehmen keine Nahrung zu sich —, und dann fliegen sie mit letzter Kraft zu einem Plateau, wo sie sich einwurzeln und schlafend das nächste Stadium ihres Zyklus erwarten. Tausende von ihnen verschmelzen schließlich zu einem Berg . . .«

Und plötzlich verstand Nika, worauf Exkandar mit seiner Erklärung hinaus wollte. »*Ich* soll auf den Nervensträngen tanzen!« rief sie. Und mit einem Schlag kam ihr zu Bewußtsein, wie sie ihr ganzes Leben lang manipuliert worden war.

»Nimm es uns nicht übel, Nika«, bat Exkandar sie bedrückt. »Gäbe es eine andere Möglichkeit, hätten wir sie gefunden und würden uns ihrer bedienen. Aber wir brauchen *unbefruchtete* Eier! Und wenn der Tänzer den Farfellor keine Signale sendet, bleiben die Eier unbefruchtet. Wir versuchten Roboter und Androiden einzusetzen, sogar mutierte Tiere — aber der Berg spricht nicht auf sie an. Nur ein Mensch reagiert auf die Impulse des fremdartigen Geistes, ein feingliedriger Mensch, der seinen Körper vollendet beherrscht . . .«

»Können Sie die Farfellor denn nicht abwehren, ehe sie sich auf die Eier stürzen? Oder sie vielleicht durch Kraftfelder abhalten?«

»Der Berg spürt es, wenn die Eier nicht ungehindert ins Freie gelangen können, darum ist der Tempel auch an drei Seiten offen. Wir taten wahrhaftig unser möglichstes, um die anstürmenden Farfellor mit Geschossen und Barrikaden abzuwehren. Aber dabei kam es häufig dazu, daß die Eier beschädigt und ihre kristalline Ausrichtung verzerrt wurden. Und gewöhnlich drang zumindest ein Farfar doch durch — und einer genügt völlig, sämtliche Eier zu befruchten.«

Nika sagte bitter: »Und wenn wir auf den Strängen getanzt und Ihnen Ihre unbezahlbaren Eier zugespielt haben, was dann? Müssen wir sterben? Finden wir den Tod in der Tiefe?«

»Unfälle sind natürlich nicht ausgeschlossen, das will ich nicht leugnen. Und es ist erforderlich, die Zahl der Rax gering und sie selbst voneinander getrennt zu halten, bis sie benötigt werden — und jetzt wirst *du* gebraucht. Du mußt verstehen, die Farfellor messen sich mit den Strangtänzern . . .«

»Ich muß sie abwehren?«

Diese herrlichen Kreaturen waren also tödlich! Sie waren Gegner . . .

Exkandar schwieg.

»Und was geschieht danach . . .?«

Nika bemerkte sein Unbehagen. Ihr war klar, daß er ihr noch mehr Unangenehmes sagen mußte. Wütend wandte sie sich von ihm ab. Wie geschickt er sie in die Falle gelockt hatte!

Sie blickte über den Abgrund. Nun, da sie wußte, wonach sie Ausschau halten mußte, konnte sie viele der Stränge sehen, silbrigweiß waren sie, sie überkreuzten einander in ungewöhnlichen, asymmetrischen Netzmustern und verloren sich im düsteren Grau.

»Ich werde es nicht tun! Sie können mich einfach nicht dazu zwingen!«

(»Doch, es gibt etwas, das dir mehr bedeutet als ich!« so ähnlich hatte Iliash gesagt.) Die Stränge bewegten sich und schaukelten ganz sanft in der lautlosen Brise. *Ich will! Ich will!* schrie alles in ihr. *Ich könnte auf Zehenspitzen hinauslaufen, so leicht, so leicht! Ich könnte meine Füße fest dagegenpressen und hochspringen, ganz hoch, hoch, hoch! Und ich würde den Dreifachsalto schaffen, würde über der Leere schweben . . .*

»Verdammt, Prüfer!« fauchte sie. »Ihr habt mich zu gut gezüchtet.« Sie zitterte vor Verlangen und Abscheu.

»Ja«, murmelte Exkandar.

Das Haus der Rax war ein Pfahlbau auf dem größten See, und es war so riesig, daß es bequem hundert oder mehr Strangtänzer hätte beherbergen können. Nika fühlte sich verloren in ihm. Selbst ihr Schlafzimmer war so groß wie eine Mondfähre.

Sie stürzte sich auf ihr Training in einer Varigravkuppel, in der sich der Showsatellit verloren hätte. Seidenfeine Seile waren über ein Schutzfeld gespannt. Sie war zu beschäftigt, um die leeren Korridore überhaupt wahrzunehmen, in denen Lieder nachzuhallen schienen und Lichtmobiles in der Luft hingen. Auch die Mikrobibliotheken beachtete sie nicht, in denen es immer frischgescheuert und unbenutzt roch. Aber sie nahm sich Zeit, Fragen zu stellen.

Ihren Grimm zu nähren.

Sie brauchte diesen Grimm als Brennstoff für ihren Strangtanz. Für sie gab es keine Liebe, keine Hoffnung. Nur Grimm konnte sie aus ihrer großen Leere herausholen.

Sie erfuhr, daß die Rax nach jahrhundertealten Vorlagen geklont waren (in beiden Geschlechtern, aber das war ein rein kosmetischer Unterschied) und daß sie, jeweils immer nur einer, auf möglichst weit voneinander entfernten Welten in Waisenhäuser gebracht wurden. Sie erfuhr auch, daß vor kurzem eine radikale Mutation der Zellkultur das System beinahe zum Scheitern verurteilt hatte. So hatte man ihr im Schlaf Zellproben entnommen und mit ihnen eine neue Kultur angesetzt, um den Fortbestand der Rax zu sichern. Das war einer der Gründe, weshalb sie jetzt die einzige ihres Clans war. Der andere Grund war, daß es in letzter Zeit viele Unfälle gegeben hatte. Die Prüfer hatten allen Grund, verzweifelt zu sein.

Der Berggott holte sich seinen Tribut an Menschenopfern.

Ebenfalls erfuhr sie, daß man überall im Reich der Menschheit nach Ersatz für sie suchte; und auch, daß sie nach dieser Brutperiode frei war. Aber nicht aus Nächstenliebe!

Nein, sondern weil sie ausgebrannt und ihre Empathie unweigerlich zerstört sein würde. Strangtanzen machte eine körperliche und seelische Ruine aus den Rax — aber man würde sie gehen lassen. Und sie konnte Seiltänzerin bleiben — mit neuer künstlicher Erinnerung.

Ihre echten Erinnerungen würde man völlig löschen, nicht nur die, die diesen Planeten betrafen und das Strangtanzen, sondern vorsichtshalber alle. Ja, sie würde wahrhaft frei sein.

Oder tot!

Aber vielleicht war Iliash dort draußen zwischen den Sternen, ein Geist seines Selbst mit anderer Persönlichkeit . . . Und Nikas Grimm wuchs. *Ich werde für ihn tanzen!* dachte sie. *Ich werde dafür sorgen, daß er mich sieht!*

Wenn ich erst wütend genug bin, werde ich keine Angst haben!

Vor ihrem inneren Auge sah sie sich wieder vom Seil rutschen. Sie hörte das Geschrei und sah die Flammen. Iliash hatte zu ihr gesagt: *Grimm ist gut. Er kommt dem Mut am nächsten. Aber dräng ihn in dich hinein, speichere ihn, damit er da ist, wenn du ihn am dringendsten brauchst.*

Auch in der Varigravkuppel glitt sie aus. Sie fiel in das elastische Schutzfeld. *Es ist hoffnungslos, ich bin noch nicht bereit!*

Sie erfuhr auch, daß man versucht hatte, ein Schutzfeld unter den Tarnsträngen aufzubauen. Aber der Berg hatte sich nicht überlisten lassen. Er hatte bemerkt, daß irgend etwas nicht stimmte, und hatte die Eier zurückgehalten.

Immer stärker wurde ihr Grimm.

Man implantierte ihr Fingerlaser an beiden Händen und stimmte sie auf subvokalisierte Silben ab. Jetzt gab es Laute, die sie nicht einmal mehr zu *denken* vermochte. Stundenlang tanzte sie auf den hohen Seilen und schnippte Farfarrobotern den Tod entgegen. Sie lernte rasch. Aber kein Wunder, sie war ja schließlich dafür gezüchtet.

In ihrem Zimmer lag sie auf dem Bett und zerschlitzte die Wände mit ihren Fingerlasern. Doch immer, wenn sie es verließ und wieder zurückkam, waren die Wände ausgebessert und makellos wie zuvor. Das erhöhte ihren Grimm, und immer zwischen ihren Trainingsstunden legte sie sich auf das Bett und grübelte.

Über ihre Furcht und ihren Grimm hinaus sah sie sich, wie sie leichtfüßig und unbeschwert über das Seil huschte, wie sie gegen den Wind Pirouetten drehte, und ihr Körper war ein Gedicht von Kurven und Geschmeidigkeit, das ruhige Auge eines Orkans . . .

Es ist nicht nur der Gedanke, daß ich ausrutschen könnte, sagte sie sich in der Dunkelheit, ehe der Schlaf nach ihr griff. *Ich bin kein Rädchen in ihrer Maschine! Ich hasse sie, weil sie mich so gemacht haben, daß ich es tun WILL, weil sie mich derart manipulieren! Ich möchte es aus mir heraus tun!*

Aber sie hatte sich geschworen, nie wieder zu weinen, damals, vor so vielen Jahren. Und sie hatte diesen Schwur auch nie gebrochen. So schluckte sie alles und erwachte mit dem Grimm in sich, zu Knäueln geballt.

Ein paar Wochen später entdeckte sie eine Holoskulpturbibliothek in einem Kuppelraum; eine Wandhälfte ließ sich durchsichtig machen und gab den Blick frei auf den gekrümmten See, der so abrupt mit den Bergspitzen verschmolz. Sie sind beide so grau, dachte sie, die Landschaft draußen und die Silberwände innen. Kein Wunder, daß die Arbeiter so grelle Farben tragen. Sie beobachtete den See. Nie kräuselte er sich, immer bot er ein perfektes Abbild des grauen Himmels.

Ich bin fast wütend genug . . .

Ein Arbeiter mit einem Kittel in rot-blauem Wellenmuster fragte sie ehrerbietig: »Darf ich Ihnen behilflich sein, kleines Fräulein? Ich bin Ynnither, Bibliothekar des Hauses Rax. Der Computer informierte mich, daß Sie hier sind.«

Nika war verärgert, daß man sie nicht in Ruhe ließ. »Ich muß allein sein, um mich konzentrieren zu können! Wenn ich mir schon um das Wohl des Universums den Hals brechen soll, sollte man wenigstens Rücksicht nehmen!«

»Möchten Sie sich gern etwas ansehen? Vielleicht eine ganz bestimmte Holoskulptur? Früher gab es soviel Arbeit . . .«

Möglicherweise konnte sie etwas von ihm erfahren. »Was war *früher?* Haben Sie Holoskulpturen der anderen? Von den Rax vor mir? Vielleicht sogar von einem Rax namens Iliash?« Einen Augenblick griff eine kalte Hand nach ihrem Herzen, so sehr fürchtete sie die Antwort.

Sie hörte ein Rumpeln ...

»Ah, Fräulein, das muß der Große sein, er ruft nach seiner Gefährtin«, sagte der Arbeiter. »Bald kommt Ihre Zeit.«

»... Iliash?« Sie war hartnäckig.

Ynnither sagte: »Ich erinnere mich gut an ihn. Er war der Tollkühnste von allen. Bis zuletzt war er unerschrocken! Verwegen! Er ist Legende!«

»Zeigen Sie ihn mir!«

Nika hörte das Summen der Maschinerie, und die Sichtwand wurde dunkel. Iliash erschien in der Luft, kaum einen Meter vor ihren Augen, mitten im Sprung erstarrt. Sein Haar schwebte über ihm, ebenfalls festgehalten in der Momentaufnahme.

Sie trat näher an die Holoskulptur heran und fuhr mit der Hand durch die Leere. Wie sehr sie sich danach sehnte, Teil dieses in der Bewegung eingefangenen Sekundenbruchteils zu sein ...

Die grauen Augen schauten sie herausfordernd an.

»Wir haben die Skulptur auch kinetisch, Fräulein«, sagte der Arbeiter und drehte sich zur Justierung der Maschine um.

Plötzlich beendete Iliash seinen Sprung mitten in der Leere in einem halsbrecherischen Bogen. Nika dachte: *Nicht so grazil, wie ich es sein würde, doch so wunderschön, daß es weh tut.*

Er verschwand, sprang erneut, verschwand wieder, sprang aufs neue. Bei der kinetischen Projektion gehörte auch der Wind zum Bild. Er zerzauste Iliashs Haar. Als der Rax aufsetzte, lächelte er triumphierend.

»War er Ihr Freund, Fräulein?«

War? Die Tragweite dieses Wortes wurde ihr qualvoll bewußt — und der Grimm übermannte sie ... Grimm ...

»Er war der größte Strangtänzer, den wir je hatten«, sagte Ynnither, als sie nicht antwortete. »Sie hätten ihn live sehen sollen!

Wir beobachteten ihn oft an den Monitoren im Eier-Lager. Er lebt nicht mehr.«

Sie starrte auf die springende Gestaslt, bis ihre Augen brannten.

»Ein Farfal erwischte ihn, Miß, und ausgerechnet an dem Tag, da er auf seine Heimatwelt zurückkehren sollte. Er hätte an diesem Tag gar nicht auf den Strängen zu tanzen brauchen. Sie hatten ihm gesagt, daß es genügte. Aber er war wilder als sonst und rannte wie ein Tier über die Stränge — oh, wie sehr wir einfachen Sterblichen Sie um Ihre Fähigkeiten beneiden! —, und dann schrie er: *›Ich werde den Dreifachsalto versuchen!‹* Er stand auf dem Strang und machte sich zu einem ungeheuren Sprung bereit. Da schoß ein Farfal herab und stieß ihn in die Tiefe. Man hat nie alles von ihm gefunden.«

Du bist also tot! dachte sie. Ihre Hände waren blutig, da wurde ihr erst bewußt, wie heftig sie die Finger verkrallt hatte. *Beherrsche deinen Grimm, verstaue ihn tief in deinem Innern, damit du ihn in deinen Sprung werfen kannst . . .*

Da wußte Nika, daß sie bereit war. Die Wut hatte sich so sehr in ihr angesammelt, daß sie dem Explodieren nahe war. Die Leere in ihr war gefüllt.

Das Rumpeln meldete sich erneut. Exkandar stand neben ihr. »Du mußt jetzt kommen, Nika. Der Berg ruft nach dir . . .«

Sie spürte einen fremden Geist in ihrem Kopf, der gierig, leidenschaftlich an ihr zerrte. Man brauchte ihr nicht erst zu sagen, was es war, schließlich war sie zur Empathie mit Fremdintelligenzen gezüchtet worden. Es war der Brunstschrei des Tarnwesens an alle Farfellor. Die Wand wurde wieder durchsichtig. Sie sah Berggipfel über den See ragen. Ihr Herz setzte einen Schlag aus, und sie schrie unwillkürlich auf. Sie verstand jetzt das scheußliche dissonante Rumpeln — es war ein Gesang.

Sie spürte, wie ihr Tränen aufstiegen. Mühsam unterdrückte sie ein Schluchzen und sagte: »Ich kann nicht dagegen an — selbst nach dem, was Sie Iliash, dem einzigen Menschen, den ich je liebte, und den anderen angetan haben.«

»Komm!«

»Dachten Sie, ich würde mich wie eine Superheldin in einem Holospiel für Kinder fühlen? Eine Heldin, die herbeieilt, um die Galaxis vor bösen Fremdwesen zu retten? Nein, das ist es nicht! Ich werde auf den Strängen tanzen!« rief sie mit glühenden Wangen. »Aber nicht Ihrer kostbaren Schiffe wegen! Ich tanze für Iliash, der starb, weil er meinen Dreifachsalto probieren wollte! Ich tanze für den perfekten Sprung! Ich tanze für MICH!« Und nun war sie stolz auf das, was sie war, auf ihre Bedeutung.

Sie sah dem Prüfer — einem Reichebeherrscher — fest in die Augen und las Demut in ihnen. Nun empfand sie Mitleid mit ihm. Das Rumpeln rief sie, erregte sie. Sie sah einen Schwarm Farfellor, die wie sie reagierten, über den Himmel brausen.

Und vor ihrem inneren Auge hob sich gegen die Berggipfel und den stahlblauen Himmel eine jungenhafte Gestalt mit glänzenden grauen Augen ab, die sprang, einen Salto schlug, und sprang, immer und immer wieder, mit herzergreifender Anmut.

Nach etwa zwanzig Metern öffnete Nika die Augen.

Sie hatte die Straffheit des Stranges ausprobiert. Bei jedem behutsamen Schritt hatte sie gespürt, wie er leicht nachgab und sich ihrem Gewicht anzupassen schien. Er war etwas Lebendiges, dieser Strang, so gar nicht wie die schlaffen Seile des Showsatelliten, denen ihr Körper erst Leben verleihen mußte. Hier war ein Seil, mit dem sie sich fast körperlich verbunden fühlte — aber sie traute ihm nicht ganz — noch nicht.

Sie schaute sich um. Unter ihr war Exkandar in seinem Gleiter. Wenn sie ausglitt, würde er sie auffangen — sofern er es vermochte. Um sie waren Stränge, die sich in dem Grau verloren. Dieses Grau war überwältigend. Es verschluckte Raum und Entfernung, so daß es aussah, als befände sie sich mitten im Nichts.

Liebe mich! Liebe mich! Spring für mich! Tanz für mich!

Es klang nicht wirklich wie die Stimme eines vernunftbegabten Wesens, die in ihrem Kopf schallte, eher wie die eines Tieres, das Notsignale aussandte. »Du armer Berg«, flüsterte Nika. »Du bist auch nicht mehr als eine Figur in ihrem Spiel, genau wie ich. Ja, ich werde für dich tanzen . . .«

Sie machte versuchsweise einen Sprung vorwärts, landete weich auf ihrem rechten Fuß und wirbelte herum.

Liebe mich mehr! Mehr!

Die Stimme zerrte an ihr, sehnte sich nach ihr. Wieder wirbelte sie herum, einmal, zweimal. Jedesmal stützte sie sich stärker gegen den seidigen Strang und fing sich wie durch ein Wunder gerade in dem Augenblick, da sie fast abgestürzt wäre.

»So ist es gut, Nika, langsam, vorsichtig!« lobte und mahnte Exkandar sie zugleich. Seine Stimme erreichte sie durch das Kopfimplantat. Verächtlich zuckte sie die Schultern. Sie verstanden überhaupt nichts, diese Menschen, die die Eier des Tarnwesens für die Herrschaft über die Galaxis benutzten. Im Augenblick gab es nur sie und den Berg, sie beide ganz allein.

Ein leichter Wind erhob sich. Sie machte vier weitere Schritte, vermied gerade noch, daß sie ausglitt, stemmte sich ein wenig zu stark gegen den Wind, wäre beinahe wieder ausgerutscht, ruderte wild mit den Armen und gewann in Sekundenschnelle ihr Gleichgewicht wieder. Über das Rumpeln hinweg war ein hohes Pfeifen zu vernehmen, das sich mit dem Heulen des Windes vermischte.

Sie schaute hoch, setzte mit den Zehen stärker auf und hielt der Balance wegen die Arme ausgestreckt. Ein Schwarm Farfellor brach durch den Wolkenschleier. Ein Dutzend und vielleicht auch mehr dieser riesigen falterähnlichen Geschöpfe stießen herab und kamen auf sie zu ...

Keine Panik!

(Sie erinnerte sich, wie das Seil ihren Füßen entglitten war, und immer und immer aufs neue dachte sie daran, aber das Wispern des Berges berührte und beruhigte sie ...)

Tanz weiter, tanz weiter! Weshalb hörst du auf?

Das Jagdgeschwader brauste vorbei, um die Farfellor aufzuhalten. Etwa fünfzig Meter über ihrem Kopf zerstob eine Salve den Schwarm zu einem wilden Farbenwirbel. Die Farfellor schrillten. Es war ein herzzerreißendes, gellendes Wimmern, das schließlich eins mit dem Pfeifen des Windes wurde. *Arme Kreaturen,* dachte Nika flüchtig. *Bedauernswerte Opfer.*

Aber ich werde jetzt Exkandar ignorieren und die Farfellor und alle Prüfer und das Geschick der Galaxis. Ich werde keinen anderen Gedanken kennen als zu springen, hoch zu springen, vollendet zu springen, dachte sie.

Spring für mich! Liebe mich!

Ungestüm schlug sie ein Rad hinüber zum nächsten Strang, rannte flink auf ihm entlang, dann sprang sie mit wirbelndem Überschlag zurück auf den ersten.

(»Um unser aller willen, Mädchen, sei vorsichtig!« hörte sie Exkandars Stimme. Aber sie lachte nur . . .)

Einer der Farfellor war nicht getroffen worden. Er kreiste lauernd wie ein Aasgeier über ihr. Nika achtete nicht auf ihn, bis er herabstieß und gegen ihr Gesicht prallte. Wütend wirbelte sie herum und halbierte ihn mit ihren Fingerlasern. Sie sah den schillernden Fetzen nach, bis sie im Grau der Tiefe verschwanden. Dann erst wandte sie sich wieder ihrem Tanz zu, spürte den leidenschaftlichen Zug des Tarnwesens, *liebte* den Berg.

Plötzlich rauschte der Himmel vom Flattern unzähliger Farfalschwingen! Ein gewaltiges Farbenmeer brandete unter den Wolken, und die Jäger waren allgegenwärtig. Farfalleiber hagelten herab. Geschosse pfiffen und explodierten.

Nika schloß die Lider. Mit den Nerven, mit ihrem Geist tastete sie nach den Strängen . . .

Sie sprang hoch, schlug einen Salto! Im Geist begleitete Iliash sie. Ihre Füße berührten den Strang. Erleichtert hielt sie kurz an. Dann lachte sie laut und spürte die freudige Erregung des Berges. Mit ausgestreckten Armen drehte sie eine Pirouette. Der Wind rötete ihr Gesicht, spielte mit ihrem langen Haar.

Ich glaube, ich schaffe es . . .

Ein erregender Schauer durchzuckte sie, ein befreiendes Glücksgefühl wallte in ihr auf . . .

Der Berg entband! Sie wußte es! Sie spürte es mit ihm, fühlte, wie die Eier den langen Ovidukt hinunter zum Fuß des Berges rollten.

»Du hast es geschafft!« schrie Exkandar begeistert. »Wir kommen und holen dich . . .«

»Nein!« rief sie. »Ich glaube, jetzt kann ich es!«

»Was kannst du?«

Sie sah, wie der Gleiter zu ihr hochschwebte. Sie rannte den Strang entlang, immer weiter hinaus in die Leere, und sie nutzte seine Elastizität, um sich vorwärtszuschnellen, immer geschwinder ...

Und dann, in dem Augenblick, als sie feststellte, daß sie ganz allein war, nahm sie all ihren Grimm und ihre ganze Liebe, alles, was sie in sich aufgestaut hatte, und *komprimierte* es zu einem Neutronenkern. Sie brachte ihn zur Explosion, und er schleuderte sie hoch ...

Iliash! Du solltest mich jetzt sehen!

... der Anziehungskraft des Planeten trotzend, höher, als sie es je für möglich gehalten hätte. Und mit der Welt und den Farfalfarben kaleidoskopisch um sich, dem Wind, der sie peitschte, schlug sie ihren Salto ...

Einmal ...

Zweimal ...

Dreimal ...

Und setzte schwindlig vor Triumph und Freude auf dem Strang auf.

». . . sehr gut«, hörte sie Exkandars Stimme. »Bleib stehen, wir holen dich. Es war eine fantastische Ernte. Du hast etwas Großes für die Galaxis getan ...«

Wieder lachte sie. Es war ein geringschätziges Lachen, und die Geringschätzung galt Exkandar und allen Menschen. »Ich habe etwas Großes für mich getan!« rief sie mit gerötetem Gesicht. »Mir ist der allererste Dreifachsalto auf dem Seil überhaupt gelungen! Ich habe frei unter dem Himmel zum Gesang des Windes und zur Liebe des Berges getanzt. Das werde ich nie vergessen! Ich werde es euch zeigen! Ihr könnt meine Erinnerung löschen. Ihr könnt mich wegwerfen wie ein Spielzeug, das nicht mehr gebraucht wird, aber vergessen werde ich nicht! Nie, selbst wenn ich tausend Jahre lebe!«

Sie war in die Manege zurückgekehrt, als erwachsene Frau mit der Figur eines kindhaften Mädchens, um auf dem Drahtseil zu tanzen. Das Große Fest von Vangyvel wurde gefeiert. Vangyvel, so hatte man ihr erzählt, sei ihre Heimat gewesen. Es war der Namenstag König Exkandars, der sich persönlich herablassen würde, die Vorstellung zu besuchen. Aber ihr war das egal. Sie trat hinaus auf das Seil.

Es gab kein Schutzfeld. Sie verachtete Sicherheitsvorkehrungen ...

Die dichtbesetzten Zuschauerreihen reichten fast bis zum Kuppeldach. Dunkelheit senkte sich herab, und sie war allein im Rampenlicht.

Sie tanzte mit einer ungestümen Freude, mit jener Besessenheit, die ihr Publikum immer in einen Taumel der Erregung versetzte. Aber bis jetzt war alles Routine, der Höhepunkt stand noch bevor.

Sie drehte ein paar atemberaubende Pirouetten. Dann ließ sie sich hinabfallen und schwang sich, nur von den Füßen gehalten, zum Seil hoch, im immer schnelleren Rhythmus der Musik. Der Begeisterungssturm der Menge war ohrenbetäubend, er schlug gegen sie, trieb sie an ...

Und dann verharrte sie in der Mitte des Nichts, und nur ein dünnes Seil war zwischen ihr und dem Tod. Eine lange Weile stand sie völlig still, bis die Menge sich beruhigt hatte und der Applaus nachließ.

Ihr Blick fiel auf die königliche Loge und traf den Exkandars, des Königs. Er trug zum Flimmergewand des Prüfers die Iridiumkrone.

Seltsam, dachte sie, *dieses Gesicht ...*

Sie schloß die Lider im Ritual des Dreifachsaltos und sah sich weit, weit entfernt auf einem künstlichen Planeten:

Graue Seen, unbewegt wie Spiegel ...

Farben, die den grauen Himmel durchschnitten, sie bedrohten ... Berggipfel an einem viel zu nahen Horizont ...

Wind, der sie umschmeichelte ...

(Was waren das nur für Erinnerungen? Aus welcher Szene ihrer so vagen Vergangenheit stammten sie? Irgendwie war ihr, als hätte sie einst, vor unendlicher Zeit, die Leere in sich mit Wut gefüllt, nicht mit Liebe . . .)

Sie drückte ihren Körper wie einen Pfeil gegen die Sehne und sprang hoch, während der Wind pfiff und schmetterlingsähnliche Geschöpfe über einen fremdartigen Himmel brausten . . .

Sie landete. Die atemlose Stille der Zuschauer löste sich in einem Begeisterungssturm. Der fremde Planet versank in ihrem Unterbewußtsein. Ihr Dreifachsalto war vollendet gewesen.

Vollendet!

Als sie über die Menge schaute, hielt nur noch der Hauch einer Erinnerung an. Aus unsagbarer Ferne hörte sie eine Stimme, eine nichtmenschliche Stimme, die sie anflehte:

Liebe mich! Tanz für mich! Spring für mich! Liebe mich!

Aus dem Amerikanischen übersetzt von Susi Grixa

Sydney J. Van Scyoc

Der lange Schlaf

Das glimmende Kraut der Leuchtstengel verbreitete einen diffusen Schein, der die Steinmauern ihrer Schlafkammer schwach erhellte. Tima hatte die lange Hose übergestreift und wollte eben in ihre Stiefel schlüpfen, als der Vater draußen im Korridor auftauchte, welcher Gemeinschaftssaal und Privaträume trennte. »Bist du fertig?«

»Gleich«, entgegnete sie, verblüfft über die unerwartete Nervosität, die in seiner Stimme mitschwang. »Andris will sich mit mir am Westtor treffen, sobald er die Schafe gefüttert hat.« Verschwommene Schatten glitten durch den Saal jenseits des Korridors; die Bewohner bereiteten alles für das Fest der Langen Nacht vor. Noch lagen Terlaths Hänge frei da, aber im Norden und Osten bedeckte Schnee die Gipfel. Bald würden die Winterstürme bis ins Tal herunterfegen und sich gegen die langgestreckten Steinhäuser des Dorfes stemmen.

Timas Vater trat einen Schritt näher, und sie sah Besorgnis in seinen grauen Augen. »Andris bleibt hier. Pili wird dich an seiner Stelle auf den Berg begleiten.«

Tima schaute überrascht auf. »Pili? Pili kann unmöglich auf den Berg! Sie ist noch nicht vorbereitet für die Nacht. Sie . . .«

Er brachte sie mit einem Kopfschütteln zum Schweigen. »Ich trug die Angelegenheit Juris Nordin vor, nachdem Pilis Onkel mir gesagt hatte, daß Pili darauf beharrte, den Platz von Andris zu übernehmen. Ich hatte gehofft, die Juris würde sie zurückweisen. Aber es ist Pilis Familienalm, von der ihr die Quellschoten holt, und Pili pocht auf ihr Recht.«

»Sie sollte den Schlafsaal so kurz vor der Nachtfeier nicht verlassen«, widersprach Tima. »Liegt es nicht an ihr, daß noch Quellried droben auf der Weide wächst? Sie lief im Sommer fort zu den Gipfeln, und ihre Familie mußte dem Suchtrupp die vergeudete Zeit ableisten. Nur deshalb konnten sie nicht wie alle anderen die Ernte hereinbringen.«

Wieder schüttelte ihr Vater den Kopf. »Die Juris hat entschieden, Tima.«

Und wenn die Juris etwas entschied, gab es keinen Widerspruch. Mit gerunzelter Stirn schlüpfte Tima in ihre Stiefel. Drei Tage würde sie brauchen: einen für den Aufstieg, einen zum Ernten der Quellschoten, einen dritten für die Rückkehr. Drei Tage mit Pili ... »Und wenn sie wieder wegrennt?«

Ihr Vater seufzte. »Ich habe der Juris und ihrem Onkel klargemacht, daß du ihr nicht folgen wirst, wenn sie das tut. Du kehrst allein ins Dorf zurück, und wir schicken eine Suchmannschaft los. Versprichst du mir, daß du so und nicht anders handeln wirst?«

Sie zog fröstelnd die Schultern hoch, als sie merkte, daß er die gleichen Befürchtungen hegte wie sie. »Ja, natürlich — ja.«

»Gut. Ich verlasse mich auf dich.« Er trat zurück, und Schatten hüllten seine Züge ein. »Pili wartet mit zwei Proviantpaketen am Westtor. Und wenn ihr zurückkehrt, sind wir alle ein Stück näher.«

»Näher der Erlösung!« murmelte sie das Ritual.

Er lächelte kurz und nickte ins Halbdunkel. Dann war er verschwunden.

Allein gelassen, starrte sie düster auf ihre Stiefelspitzen. Drei Tage mit Pili auf dem Berg — mit Pili, deren zwei ältere Schwestern nicht mehr aus dem Winterschlaf erwacht waren. Mit der launischen, unberechenbaren Pili, die ihrer eigenen Familie ein Rätsel blieb.

Pili war fünfzehn und eigentlich zu alt für Erziehungsmaßnahmen oder Aufsicht. Selbst jetzt, so viele Jahrhunderte, nachdem ihre Ahnen auf Brakrath Schiffbruch erlitten hatten, hing das Überleben der kleinen Gemeinschaft von der uneingeschränkten Mitarbeit aller ab.

In Pilis Fall hatte man diese Forderung aufgegeben.

Immer noch nachdenklich schlüpfte Tima in ihre Jacke und schlug die Kapuze über die aufgesteckten Flechten. Sie war mittelgroß, mit dichtem, weißem Haar und grauen Augen. Nun, da die Lange Nacht bevorstand, zeigte ihr Körper die Pölsterchen des Winterfetts. Im Frühling aber würde sie wieder schlank, ja zerbrechlich zart sein.

Sie huschte durch den Gemeinschaftssaal. Männer und Frauen eilten vorbei, vertieft in ihre Vorbereitungen für den Winterschlaf. Hier und da sah Tima Gestalten, die warm eingehüllt auf ihren Lagern dösten, Leute, die noch zuwenig Winterfett angesetzt hatten. Ihre Familien schickten sie früh zu Bett und gaben ihnen hochwertige Kost, in der Hoffnung, die Reserven noch ein wenig zu erhöhen.

»Näher — beim Erwachen sind wir alle ein Stück näher!« Wie ein Raunen gingen die Worte durch den Saal. Keiner legte sich zum Winterschlaf nieder, ohne zuvor die Freunde und Verwandten an die heißersehnte Erlösung zu erinnern.

Näher dem Zeitpunkt. Tima erschauerte. Brakrath war eine rauhe Welt. In den kurzen Sommern reiften auf hartem, steinigem Boden nur karge Ernten heran. Zum Glück hatten ihre Vorfahren eine Entdeckung gemacht: Wenn man die Blätter eines Strauches, der in dichten Hecken die Westflanke Terlaths überzog, trocknete, zerstampfte und auf dem Fußboden ausstreute, so fiel man in einen tiefen Schlaf, der den ganzen Winter andauerte. Das trug dazu bei, daß eine Menge kostbarer Nahrung eingespart wurde. Früher hatte sich Tima immer auf das Fest vor der Langen Nacht gefreut, wo man noch einmal zum Tafeln zusammenkam, wo man sang, tanzte und Abschied nahm von den Freunden, ehe jede Familie sich in ihre Räume zurückzog. Selbst die letzten Momente vor dem Hinabgleiten in die Schwärze, wenn das herbe Aroma des Schlafpulvers die Luft erfüllte, waren wertvoll; wenn die Menschen erwachten, war der Zeitpunkt vielleicht gekommen, warteten vielleicht die Schiffe, um sie aus Brakraths Eishölle zu erlösen.

Aber Tima zählte jetzt fünfzehn Jahre. Zu oft hatte sie sich im Frühjahr steif und schwach vor Hunger erhoben, nur um zu sehen, daß das Wunder wieder nicht eingetreten war. Die Lange Nacht hatte ihren Zauber verloren und stellte nun nichts anderes dar als eine Zeit dumpfer Träume und fremder Stimmen — Sirenenstimmen, von denen manche behaupteten, sie kämen direkt aus Brakraths Felsenschichten. Tima warf einen Blick auf die Gesichter der Vorüberhastenden und versuchte zu erkennen, ob sich ihre eigenen Ängste in den Zügen der anderen spiegelten. Aber die Leute, die an ihr vorbeikamen, senkten nur die Köpfe zum Grußritual. Es gab niemanden, dem Tima ihr wachsendes Unbehagen anvertrauen mochte. »Näher«, murmelte sie und eilte aus dem Schlafsaal.

Die Sonne hing dicht über Terlaths schwarzer Schulter, ein blasser kleiner Kreis. Die Herden stampften unruhig; unter dem dunklen, seidigen Fell wuchs bereits die zottige Winterwolle. Eifersüchtig schubsten die Tiere einander zur Seite, um ihre Köpfe gegen die Knie der Menschen zu reiben. Sie sonderten dabei aus winzigen Drüsen unterhalb der Ohrbüschel Duftmarken ab, mit denen sie ihre Hirten kennzeichneten.

Tima blieb stehen und ließ ihre Blicke den Berg hinaufwandern. Der dunkle Fels ragte starr in den bedrohlich grauen Himmel. Rasch zog sie ihre Fäustlinge an und band die Kapuze fest.

Pili lehnte an einem Steinblock in der Nähe, durchsichtig zart und mit verdrossener Miene. Ihre Unmutsfalten vertieften sich, als sie Tima erblickte. »Ich dachte, wir wollten früh aufbrechen.«

Tima unterdrückte eine scharfe Antwort. Auch wenn Pili manchmal an ein trotziges Kind erinnerte — in ihren Augen lebte etwas Uraltes, Gehetztes, ein Ausdruck, den Tima noch nie zuvor gesehen hatte. »Uns bleibt genug Zeit. Hast du die Proviantpakete dabei?«

In Pilis Stimme schwangen Haß und Verachtung mit. »Glaubst du denn etwa, meine Tante würde mich ohne Essen losschikken?« Sie zerrte zwei prall gefüllte Beutel hinter dem Felsblock hervor.

Tima wog einen davon skeptisch in der Hand. Sie würden kaum so viel brauchen. Selbst zu dieser späten Jahreszeit konnten sie unterwegs Klippbeeren pflücken und abends Suppendisteln aufbrühen. Aber sie erkannte die Absicht hinter den üppigen Vorräten. Pili war erschreckend dünn, und die Lange Nacht lag ganze fünf Tage vor ihnen. Mit gerunzelter Stirn schlang sich

Tima einen der Packen über die Schulter. »Näher«, murmelte sie lustlos und ging voran. Der untere Teil des Berges bestand aus flachen Hängen mit gut ausgetretenen Wegen. Pili hatte Mühe, Tima zu folgen. Sie atmete hastig und warf immer wieder das lang herabhängende Haar nach hinten. »Du mußt nicht auf mich warten«, fauchte sie, als Tima nach einer Weile stehenblieb und sich umdrehte. »Ich kenne den Weg.«

Der Widerspruch zwischen den beißenden Worten und der verborgenen Qual, die in ihrem Blick lag, ließ Tima zögern. »Wir haben genug Zeit.«

Pili schüttelte zornig den Kopf. »Und du brauchst nicht so zu tun, als sei dir meine Gesellschaft angenehm. Ich weiß, daß dein Vater die Juris gebeten hat, mich zurückzuhalten. Aber ihr sind die Hände gebunden. Keiner kann mich daran hindern, die Almweide meiner Familie aufzusuchen. Und ich finde die Hütte auch ohne dich.«

Tima verkniff sich eine spöttische Erwiderung. »Mein Vater war in Sorge wegen des Wetters. Du besitzt nicht soviel Bergerfahrung wie Andris.«

»Ach was! Ob nun ein Sturm losbricht oder nicht — nimm keine Rücksicht auf mich.«

Wieder verzichtete Tima auf eine heftige Antwort. »Außerdem wird es höchste Zeit, daß wir etwas essen.« So kurz vor der Langen Nacht war es üblich, neben dem großen Abendessen ein halbes Dutzend kleine Mahlzeiten einzunehmen.

Pili versteifte sich. »Möglich, daß es für *dich* höchste Zeit wird, etwas zu essen!« rief sie mit einer Spur von Hysterie in der Stimme. »Iß doch, bitte!« Dann rannte sie blindlings den Pfad hinauf. Die Kapuze rutschte ihr vom Kopf, und der Wind verfing sich in ihrem dünnen braunen Haar.

Tima starrte ihr nach. Dann suchte sie verwirrt einen Platz im Schutz der Felsen auf und öffnete ihren Proviant.

Es war Mittag, als sie Pili überholte. Das andere Mädchen kniete vor einer Hecke mit Klippbeeren und hatte die Augen fest geschlossen. Sie stopfte sich mit rotfleckigen Händen Beeren in den Mund — bekam kaum Luft, so gierig aß sie.

Tima zögerte. Als sie leise an Pili vorbeischleichen wollte, löste sich unter ihrem Fuß ein Stein und rollte in die Tiefe. Pili sprang hoch. Einen Moment lang trafen sich ihre Blicke. In Timas Augen stand Entsetzen, während Pili leer geradeaus stierte. Dann schlug Pili eine Hand vor den Mund, und während Tima sich abwandte und weiter den Berg hinaufkletterte, hörte sie ein würgendes Geräusch. Ihre Begleiterin übergab sich.

Der Weg wurde steiler, das Grau des Himmels bleiern. Tima hielt Ausschau nach Pili und nach Raubtieren. Gipfelstürmer, Breeterliks, Felsleoparden, Schneepanther — zu dieser Jahreszeit verließen sie auch tagsüber ihre Höhlen.

Bei Einbruch der Abenddämmerung erreichten sie die Almweide, die Pilis Familie gehörte. Als sie die winzige Steinhütte betraten, quoll ihnen die Helle wuchernder Leuchtstengel entgegen. Sie höhlte Pilis Wangen tief aus und ließ ihre Augen rötlich glänzen. Tima schaute sich um. Alles schien in Ordnung. »Ich suche Disteln für eine heiße Suppe. Hol du inzwischen Wasser!«

Pili drehte sich steif um. »Ich esse nichts.«

Tima stellte mit gerunzelter Stirn ihren Proviantbeutel ab. Die Hütte war klein, zu klein für Streitereien. »Pili, wenn ich etwas Falsches gesagt habe . . .«

»Du weißt doch überhaupt nicht, was du gesagt hast!« Ein eisiger Luftzug erfaßte Pilis Haar und wehte es quer über das schmale Gesicht. Sie zerrte die Fäustlinge von den Händen, riß die hüftlange Jacke auf und ließ sie zu Boden fallen. Dann kämpfte sie sich aus ihrer dick wattierten Weste und dem warmen Unterzeug und wies auf ihren ausgemergelten Körper. *»Iß* — das höre ich den ganzen Tag! Iß doch, Pili! Du brauchst Fettpolster für den langen Schlaf! Iß deinen Nußbrei, trink deine Sahne — da hast du noch ein Stück Brot und etwas Käse!

Schön, ich habe gegessen. Ich habe alles gegessen, was sie vor mich hinstellten. Ich würge das Zeug runter, und wenn es wieder hochkommt, bedrängen sie mich von neuem. Dabei nützt es mir genausoviel wie meinen Schwestern!«

Wie betäubt stand Tima da und fuhr sich mit der Zunge über die trockenen Lippen. Pilis hagerer Körper, befreit von der dikken Winterkleidung, verriet den wahren Sachverhalt. Sie hatte gegessen, doch ihr Körper weigerte sich, die notwendigen Fettreserven aufzubauen. Vor keinem Winterschlaf war sie dick und rund gewesen; in keinem Frühling war sie kräftig erwacht. Und dieses Jahr hatte sich alles verschlimmert.

Sie wirkte erschreckend mager.

Tödlich mager.

»Vielleicht hättest du im Schlafsaal bleiben und dich mästen sollen . . .«

»Nie! Wesha haben sie letztes Jahr überredet, sich früh hinzulegen. Und Baka ein Jahr davor. Beide wurden gepflegt und gehätschelt. Und beide mußten sterben!«

Beide waren jetzt tot. Zwei von drei Schwestern, nicht mehr erwacht aus dem Winterschlaf. Tima ballte die Hände hilflos zu Fäusten. »Ich suche jetzt die Quelle.« Selbst wenn sie keine Suppe aufbrühten, die Trinkschläuche mußten nachgefüllt werden. Sie brach einen Leuchtstengel ab und verließ die Hütte.

Als sie wiederkam, war Pili in einen erschöpften Schlaf gesunken. Tima machte Feuer, öffnete ihren Proviant und aß. Bald schlief auch sie.

Als sie irgendwann später aufschrak, saß Pili aufrecht im Bett und stopfte sich mit dem Zeug aus ihrem Proviantbeutel voll. Tima kniff die Augen ganz fest zu und wartete auf das erste Würgen.

Es kam nicht. Endlich schlief sie wieder ein.

Die Nacht ging ihrem Ende entgegen, als Tima ein zweitesmal erwachte. Die Hüttentür stand offen, und Pilis Lager war verlassen. Beunruhigt zog sie ihre Jacke und die Stiefel an. Die Nacht war klar und sternenhell, aber bitterkalt. Tima trat über die Schwelle und starrte den dunklen Berg hinauf. Wenn Pili in die Felsenregion geflohen war und einem Raubtier auf der Jagd nach Beute begegnete — Tima vergaß jede Vorsicht und rannte den holprigen Pfad nach oben.

Beinahe wäre sie an Pilis Versteck vorbeigelaufen. Das Mädchen kauerte im Windschatten eines hohen Felsblocks; das dünne Haar hing ihr über die Schultern, und ihr Gesicht war blau vor Kälte. Tima blieb stehen. Ihre anfängliche Sorge wandelte sich in Zorn. »Was machst du hier draußen?«

»Geht dich das etwas an?« Die Furcht, die tagsüber hin und wieder in Pilis Augen aufflackerte, beherrschte ihren Blick jetzt ganz. »Ich kehre nicht mehr zurück. Ich will nicht einschlafen und sterben!« Unvermittelt sprang sie hoch, mit starr geballten Fäusten. »Im Sommer haben sie mich aufgespürt, aber nur weil ich die richtigen Verstecke noch nicht kannte! Aber ich habe inzwischen nicht umsonst Abend für Abend am Tisch der Hirten gesessen. Jetzt weiß ich Bescheid. Ich kenne alle geheimen Plätze, alle Höhlen und Schlupfwinkel. Ich kenne . . .«

»Du kennst all die Stellen, wo man zuerst nachschauen wird!« unterbrach Tima sie scharf. »Wen, glaubst du wohl, trommelt die Juris zusammen, wenn sie einen Suchtrupp braucht? Die Hirten!«

Pili starrte sie mit offenem Mund an und schluckte dann. »Vielleicht kennen sie die Orte, von denen ich sie reden hörte. Aber es gibt andere. Und sie können nicht alle durchsuchen. Die Lange Nacht steht vor der Tür. Du brauchst einen ganzen Tag, bis du wieder unten im Tal bist. Sie brauchen einen zweiten, um den Almengürtel zu erreichen. Bis dahin . . .«

»Bis dahin bist du erfroren und verhungert! Oder einer der Schafräuber frißt dich«, entgegnete Tima. Sie sprach betont ruhig, in der Hoffnung, damit die Hysterie Pilis zu durchbrechen.

»Pah, das ist mir egal!« Pilis Zähneklappern strafte ihre Worte Lügen. »Mir ist es egal, wer mich in Stücke reißt — ob Felsleopard, Breeterlik oder Gipfelstürmer! Und ich habe einen am Südgipfel gehört! Ich habe einen gehört!«

»Einen Gipfelstürmer?« Timas Mund war mit einemmal trokken. Die Almweide, die Pilis Familie gehörte, war eine der letzten unterhalb des Felsengürtels. Zwei Stunden Aufstieg, und man erreichte die ersten Höhlen der Gipfelstürmer.

Zwei Stunden Aufstieg für Tima, für Pili. Ein Gipfelstürmer legte die Strecke weit schneller zurück — die Flachstücke auf seinen stämmigen breiten Pfoten, die Steilhänge, indem er Kopf und Gliedmaßen ins Innere des harten Panzers zog und sich wie ein Stein in die Tiefe rollen ließ. »Wann — wann hast du ihn gehört?«

Pili zog die knochigen Schultern hoch. »Er — ich weiß nicht. Ich war auf dem Weg nach oben. Ich wollte in der Felsregion sein, ehe du aufwachtest. Ich stieg höher — und da hörte ich ihn. Ich blieb stehen und horchte, aber nichts polterte in die Tiefe. So lief ich weiter — bis ich sein Gebrüll von neuem hörte.«

»Wie nahe?«

»Das konnte ich nicht abschätzen.« Unwillkürlich begann sie zu zittern. Dann verengte sie trotzig die Augen zu einem schmalen Spalt. »Und es ist mir egal, wenn er mich erwischt. Es ist mir egal!«

Weshalb hast du dich dann hinter den Felsen verkrochen? dachte Tima. »Also, mir nicht«, entgegnete sie. »Du hast die Hüttentür offengelassen, als du fortgingst.«

Eine Spur von Reue huschte über Pilis verkniffene Züge. Sie verscheuchte die Regung sofort. »Na, dann kehr doch um und schließ dich ein!«

Tima zögerte. Trotz ihrer heftigen Abwehr drückte sich Pili an den Felsen wie ein verängstigtes Kind. Mit ruhiger Stimme sagte Tima: »Genau das werde ich tun. Ich kehre jetzt um und schließe mich ein.« Steif wandte sie sich zum Gehen. Die Nacht hinter ihr war still, wie ausgehöhlt.

Sie hatte eben die Hüttentür erreicht, als Pili sie einholte. »Nicht! Sperr mich nicht aus! *Tima!*«

»Schon gut«, sagte Tima müde und ließ Pili an sich vorbei über die Schwelle stolpern. Sobald sie den Riegel vorgeschoben hatte, schlug Pilis rasselnder Atem in ein gequältes Schluchzen um. Tima zog die Stiefel aus und kroch zurück ins Bett. Selbst nachdem Pilis Schluchzen verstummt war, lag sie wach da und horchte angespannt.

Am nächsten Morgen folgte Pili Tima schweigend ins Freie. Das Quellried wuchs in dichten Büscheln auf der verwahrlosten Almweide. Wenn man die Schoten schnitt und sofort in große Tücher preßte, konnte eine Person ein halbes Dutzend dieser Bündel auf dem Rücken tragen. Schüttete man später den Inhalt der Bündel zwischen die Doppelwände der Schafställe, so platzten die Schoten und sonderten einen weißen Schaum ab, der rasch erstarrte. Diese harte Masse ergab eine wertvolle Isolation gegen die eisigen Winterstürme.

Tima und Pili ließen ihre Proviantpacken in der Nähe der Hütte liegen und breiteten die Tücher aus, in die sie das Ried binden wollten. Sie arbeiteten stumm. Tima warf besorgte Blicke zum Himmel, während sie die Schoten abschnitt. Die Nacht war klar gewesen, aber nun verdeckten Wolken die Sonne, und in der Luft lag eine feuchte, durchdringende Kühle.

Sie hatten eben das erste Bündel fertig, als Tima den Kopf hob und sah, daß Pili aschfahl zur Hütte hin starrte.

Tima drehte sich um. Ein Schneepanther glitt mit weichen, elastischen Sprüngen auf die Hütte zu. Das weiße Seidenfell fiel in lange Locken über seine Flanken, und die rosa Augen glitzerten böse. Er näherte sich rasch den Proviantpacken, schaute sich kurz um und riß dann einen Beutel auf. Seine rosa Nasenflügel bebten vor Hunger.

Ohne zu überlegen, hob Tima die Hand und trat einen Schritt vor. Pili packte sie am Arm. »Nein! Rühr dich nicht vom Fleck!«

Tima erstarrte und lief rot an. Ein dreijähriges Kind wußte, daß man völlig stillhalten mußte, wenn ein Schneepanther in die Nähe kam. Nur der Proviantpacken hatte die Bestie bisher von den beiden Mädchen abgelenkt.

Noch etwas fiel Tima ein. Es hieß, daß sich Schneepanther nur dann aus ihren Höhlen wagten, wenn der erste Wintersturm bevorstand. Sie beobachtete die dicke Wolkenschicht. Würde der Schnee sie einholen, ehe sie das Dorf erreichten? Sie auf dem Berg festhalten — ohne Proviant?

Denn der Panther hatte den Inhalt des ersten Beutels in sich hineingeschlungen und zerfetzte nun mit scharfen Klauen den zweiten. Tima und Pili wagten kaum zu atmen. Als er seine Mahlzeit beendet hatte, kam er mit lockeren Sprüngen näher. Seine seidigen Locken flatterten im Wind.

Die rosa Augen richteten sich starr auf die beiden Mädchen. Das Tier entblößte eine Doppelreihe von scharfen Fängen, schnellte eine Kralle vor und tippte damit Timas Gesicht an. Als sie nicht zurückzuckte, begann der Panther leise zu schnurren. Dann stupste er Pili mit der gleichen Klaue an. Ein Blutstropfen rollte ihr langsam über die Wange. Auf Timas Stirn stand kalter Schweiß. Wenn nun Pili zusammenzuckte? Der Panther zog ihr einen dünnen Kratzer die Wange entlang ...

Aber Pili hielt still, das Gesicht kalkweiß. Eine kleine Ewigkeit verging. Unvermittelt verlor die Bestie das Interesse an ihr und sprang davon. Tima begann so heftig zu zittern, daß ihre Knie nachzugeben drohten. »Wir — wenn wir uns gleich auf den Rückweg machen — ehe es zu schneien anfängt ...«

Pili warf einen Blick auf die schneeschweren Wolken, sie schien nichts von dem Blut zu bemerken, das auf ihrer Wange verkrustete. »Ich bleibe.«

»Aber dann sitzen wir ohne Proviant fest ...«

»Es kann noch Tage bis zum ersten Schneefall dauern«, widersprach Pili. »Mein Onkel hat mir erzählt, daß die Schneepanther jedes Jahr kurz vor dem Winterschlaf herauskommen. Manchmal lange, ehe es schneit. Das hat nichts zu bedeuten.«

Tima unterdrückte eine heftige Reaktion. Sie wußten beide, daß Pilis Worte nicht stimmten. Aber die Hirten hatten am Ende des Sommers unerwartet viele Tiere heil von den Almen heruntergebracht, und man war gezwungen gewesen, zwei neue Ställe zu errichten. Das Quellried wurde dringend zum Ausschäumen der Zwischenwände benötigt; schafften sie es nicht zu Tal, dann mußte man die überzähligen Tiere noch vor dem Winterschlaf schlachten und verarbeiten. Das hieße den Gewinn eines Sommers verschleudern.

Vielleicht blieb es bei einem leichten Schneefall. Ohne es selbst zu merken, nickte Tima, und aus Pilis hochgezogenen Schultern löste sich die Spannung. Sie machte sich rasch an die Arbeit. Tima nagte an ihrer Unterlippe, unzufrieden mit ihrer unausgesprochenen Entscheidung.

Gegen Mittag hatten sie ein halbes Dutzend Bündel fertig. Und bald darauf fuhr der erste Schnee mit blassen, klammen Fingern über die Almweide. Tima achtete nicht auf den Instinkt, der ihr riet, sofort ins Tal aufzubrechen. Sie warf einen Blick zum Himmel und legte das nächste Tuch aus.

Als sie das zehnte Bündel verknoteten, bedeckte schon eine dünne Schneeschicht die Bergflanke. »Wir haben es bis auf zwei Bündel geschafft«, rief Tima über das Kreischen des Windes. »Wenn du mir das Zeug auf den Rücken packst . . .«

Trotz lag auf Pilis Zügen. Aber der rauhe Wind zerrte an ihrem Haar, und die Widerspenstigkeit verflog so rasch, wie sie gekommen war.

Sie tasteten sich vorsichtig den Pfad hinunter. Hin und wieder glitten sie auf dem Neuschnee aus, und der Wind, der sie umgellte, nahm an Heftigkeit zu. Sie kamen an zwei verlassenen Hütten vorbei, ehe Tima sich eingestand, daß sie nicht weiterkonnten. Als sie im Schneetreiben die Umrisse eines dritten Gebäudes entdeckte, winkte sie Pili, ihr zu folgen.

Sie warfen die Riedbündel ab, betraten die winzige Hütte und drückten die Tür hinter sich zu. Wuchernde Leuchtstengel tauchten das Innere in ein gespenstisches Licht. Der Wind blies eiskalt durch die Ritzen der schlecht verkleideten Wände und wehte eine feine Schneeschicht über den Fußboden. Pili starrte mit leerem Gesicht zu Tima hinüber. Ihre Lippen waren blau vor Kälte. »Hier erfrieren wir.«

Tima zuckte mit den Schultern. »Wir hätten in Bershs oder in Wendells Hütte bleiben sollen«, meinte sie niedergeschlagen. Das hier war Arahs Alm. Drei Sommer zuvor hatte ein Gipfelstürmer Arahs Herde gerissen. Die Familie hatte die Weide aufgegeben und nichts in der Hütte zurückgelassen, nicht einmal eine Zunderdose und Brennmaterial. »Wir werden eines der Tücher öffnen und den Schaum als Schlaflager benutzen müssen. Die übrigen Bündel stapeln wir entlang der Wände. Vielleicht halten sie den Wind ein wenig ab.«

Pili warf ihr einen stumpfen Blick zu, dann kauerte sie neben der kalten Feuerstelle nieder. Tima schleifte die sperrigen Riedbündel in die Hütte und schichtete sie entlang der Wände auf. Schließlich öffnete sie eines der Tücher und breitete die Schoten zu einer lockeren Mulde aus. Sie platzten und begannen zu schäumen. »Komm, wir formen uns das Bett, solange das Zeug weich ist.«

Pili half ihr stumm. Gemeinsam paßten sie die Schaummasse ihren Körpern an. Tima wälzte sich ein wenig hin und her, um die Schlafkuhle zu vergrößern. Nach und nach kam wieder Wärme in ihre froststarren Wangen. Sie schloß die Augen und fiel rasch in einen erschöpften Schlaf.

Als sie aufwachte, brauchte sie eine Weile, bis sie sich zurechtfand. Der Wind orgelte nicht mehr um die Hütte, aber Pili saß wie erstarrt in ihrer Schlafmulde, und Tränen liefen ihr über die ausgehöhlten Wangen. Tima setzte sich auf. Mitleid überkam sie. Dann erst sah sie, was das andere Mädchen in der Hand hielt. »Pili . . .«

Pili hatte die Augen weit aufgerissen, und ihr Blick war abgrundtief. Sie wandte sich Tima zu. »Du glaubst nicht, daß ich sie schlucke, was?« Ihre schrille Stimme ließ die Frage eher angstvoll als trotzig klingen.

»Ich . . .«

»Du glaubst, daß ich Angst davor habe, nicht wahr?«

»Nein, ich — ich weiß, daß du keine Angst hast«, sagte Tima rasch. »Ich — es ist nur so — ich verstehe nicht, wo du um diese Jahreszeit Savonakugeln gefunden hast.« Wenn die blaue Savona gegen Ende des Sommers auf den oberen Berghängen abblühte, verschwanden die Samen immer rasch in den Vorratshöhlen der kleinen Gebirgstiere, die sich auch für den Winter vorbereiteten. Aber nun hielt Pili Dutzende der giftigen schwarzen Kügelchen in der Hand.

Pili stieß einen zitternden Seufzer aus und ließ ihre trotzige Maske fallen. »Ich trage sie seit dem Sommer mit mir herum.«

»Du hast sie gesammelt, als . . .«

»Als ich von der Herde weglief. Ich dachte, eines Nachts würde ich es schaffen. Eines Nachts könnte ich sie schlucken.« Sie verzog bitter den Mund. »So wie ich letzte Nacht dachte, daß ich zu den Gipfeln laufen könnte. Ich glaubte, es sei schlimmer, zu dir in die Hütte zurückzukehren, als allein auf dem Berg zu bleiben.

Aber ich hatte mich getäuscht. Und heute, als mich der Panther anrührte — ein Fingerschnippen, und die Bestie hätte mich zerfleischt. Aber ich schaffte es nicht. Ich konnte den Arm nicht heben, konnte den Kopf nicht drehen, ich konnte nicht mal die Augenbrauen hochziehen. Dabei hätte das gereicht.«

Gereicht, um den Panther zum Angriff zu reizen. »Pili, du . . .«

»Ich will nicht bei Anbruch der Langen Nacht in meinem Bett liegen und mich mit dem Gedanken quälen, wann der Tod kommt und ob ich das überhaupt merken werde. Ich will nicht während des Winterschlafs sterben!«

Einen Moment lang kannte Tima Pilis Angst, kannte sie voll und ganz; kannte die eisige Furcht, wenn man im Dämmerzustand dalag und die Träume kamen, die langen Winterträume, angefüllt mit Bildern, die sich schwer fassen ließen, und mit Stimmen, die man niemals hörte, wenn man wach war. Einige glaubten, mit der Langen Nacht kämen die Mächte Brakraths in die steinernen Säle, Mächte so alt wie Terlaths schroffe Gipfel, Mächte, die sich den Menschen nur dann enthüllten, wenn sie betäubt und hilflos dalagen.

»Du willst dich umbringen«, hörte sie sich selbst sagen.

Und Pili entgegnete: »Ja.« Ein trockenes Wispern. »Ja.«

Sie wollte sich umbringen, aber sie hatte Angst vor den räuberischen Bestien der Berge, Angst vor der schneidenden Kälte, Angst vor den Krämpfen, welche die Savonakugeln hervorriefen.

»Du willst sterben — aber nicht in deinem Bett.«

Pili schien erneut ein Ja flüstern zu wollen. Aber dann runzelte sie die Stirn. *»Nein.* Nein, ich . . .«

»Du willst *nicht* sterben«, stellte Tima müde fest. Keiner wollte sterben. Aus einem Impuls heraus fuhr sie fort: »Pili, unsere Familien werden Suchtrupps ausschicken. Sobald sie merken, daß wir eingeschneit sind, werden sie . . .«

Pili schüttelte den Kopf. *»Nein.* Nein.«

»Doch, ganz bestimmt.«

Pili holte Luft, und es klang wie ein Schluchzen. Dann beugte sie sich unvermittelt vor, das Gesicht zu einer bösen Grimasse verzerrt. »Warum sollten sie auch? Meinst du, ich weiß nicht, daß die Juris dich und Andris im Frühjahr eigens ausgebildet hat? Mein Onkel behauptet, es sei unmöglich, ohne das zerriebene Laub einzuschlafen. Aber Manda verriet mir, daß sie sich in einen tiefen Schlaf versenken kann, einfach so, durch eine bestimmte Atemtechnik, welche ihr die Juris letztes Jahr beibrachte. Und ihr beide habt das inzwischen auch gelernt. Du kannst den ganzen Winter hier schlafen. Du brauchst das Pulver nicht.«

»Das — stimmt«, gab Tima zögernd zu. »Ich schaffe es auch ohne Hilfsmittel, so tief einzuschlafen, daß der Körper nur seine Reserven verbraucht. Aber ich kann dir das nicht beibringen — nicht schnell genug.«

»Was würde es mir auch nützen?« fragte Pili bitter. »Ich besitze keine Reserven. Ich bin im nächsten Frühjahr tot, egal, wo ich schlafe. Und du bleibst am Leben. Weshalb sollte die Juris also Suchtrupps ausschicken?«

Tima starrte das andere Mädchen an. »Du — du sagst das, als sei alles schon entschieden. Dabei wachen in jedem Frühling Leute auf, denen es im Herbst elend ging. Wenn der Panther unseren Proviant nicht gefressen hätte . . .«

»Mit dem Zeug wäre ich eine oder zwei Wochen länger am Leben geblieben. Und danach . . .«

Und danach ein langsames Hinübergleiten in den Tod. Obwohl ihre Begleiterin zerbrechlich zart wirkte, wußte Tima, daß Pili einen höheren Grundumsatz hatte als sie selbst. »Pili, wenn ich dir irgendwie helfen könnte . . .«

»Kannst du aber nicht, oder?« Pilis Augen funkelten mit einemmal voller Haß. »Du kannst nicht so viele Nahrungsmittel abzweigen, daß wir den Winter über genug zu essen haben, und es gibt keinen Raum, in dem nicht das Schlafpulver verstreut wird. Ihr wißt genau, daß wir sterben müssen, wenn wir einschlafen — aber ihr verteilt das Zeug trotzdem, und im Frühjahr trauert ihr um uns. Doch nur ein paar Tage lang, während ihr in Gedanken schon beim Fest des Erwachens seid! Danach vergeßt ihr uns.«

Tima zuckte zurück. War es das, was hinter Pilis entschlossenem Trotz lag? Haß? »Ich — wir vergessen euch nicht.«

»Weshalb gebt ihr uns dann keine Nahrung? Jeder kann erkennen, daß wir die Lange Nacht niemals durchstehen werden. Warum gebt ihr uns nicht einen eigenen Saal und Winterrationen, wenn ihr doch wißt, daß wir ohne diese Dinge sterben müssen?« In ihren Augen brannte jetzt Feindseligkeit.

»Aber — aber das wäre um ein Haar unser aller Untergang gewesen — damals, ehe wir das Schlafkraut fanden.« Tima stockte. »Die Ernten sind einfach zu knapp. Wir können nicht alle durch den Winter bringen, ohne den Stoffwechsel zu senken. Der Boden gibt nichts her. Und der kurze Sommer . . .«

»Habe ich denn von *allen* gesprochen?«

»Du — keiner freut sich auf den Winterschlaf. Keiner mag die Träume, die Stimmen«, beharrte Tima. »Wenn die Juris nun jeden Herbst entscheiden müßte, wer von uns die kalte Jahreszeit überschlafen soll und wer nicht — und wenn die Wachgebliebenen zuviel verbrauchen würden . . .« Die Lebensmittelvorräte waren auf Milligramm genau berechnet; jeder Tropfen Milch hatte seine Bestimmung. Es gab keinen Überschuß.

»Dann wärt ihr an der Reihe, was?«

An der Reihe, den Tod zu fürchten, so wie es Pili jetzt tat. »Pili.«

Pilis Zorn wuchs. Er verlieh ihrem mageren Gesicht etwas Unheimliches. »Aber so wird es nie sein, was? Ihr werdet nie diejenigen sein, die verhungern. Ihr . . .«

»Pili, wir sind nicht in zwei Gruppen geteilt, in eine, die stirbt, und in eine, die am Leben bleibt. Juris Nordin und die Räte versuchen sicherzustellen, daß insgesamt so viele Menschen wie möglich den Winter überstehen. Nur dann werden wir die Ankunft der Schiffe erleben. Wenn sie kommen und wir . . .«

»Wenn sie kommen!« Pili lachte schrill. »Jeden Winter sterben mehr von uns — von *uns,* die wir die Schiffe brauchen. Und jeden Winter überleben mehr von *euch* und warten auf die Schiffe!« Unvermittelt beugte sie sich vor. Ihre Augen brannten aus dunklen Höhlen. »Du sagst, daß wir nicht in Gruppen geteilt sind, in eine, die am Leben bleibt, und eine, die sterben muß. Aber du lügst! Jedesmal vor der Langen Nacht, wenn die Räte umhergehen und das Schlafpulver ausstreuen, treffen sie die Wahl.«

»Pili!«

»Wir sind geteilt. Und nicht nur in der einen Hinsicht. Hast du gewußt, daß manche von uns die Stimmen nicht vernehmen, wenn sie einschlafen? Hast du das gewußt? Ich habe sie nie gehört. Und meine Schwestern auch nicht. Und ich kenne noch mehr, die sie nicht hören. Solche wie ich.« Ihre Stimme sank tief ab. »Menschen.«

Tima starrte Pili sprachlos an, bemühte sich, mit ihrem Haßausbruch, ihren völlig irrationalen Worten fertig zu werden. »Pili, wir sind *alle* Menschen.«

»Nein. Ich habe die alten Bücher gelesen. In der Urschrift. Und ich habe mir die Leute im Tal angesehen — alle Leute. *Einige* von uns sind Menschen. Aber jeden Winter, wenn die Stimmen des Bergs euch verzaubern, sterben mehr von uns. Wir sehnen die Schiffe herbei, doch wir verhungern. Wenn sie eines Tages landen, werden nur noch Brakrathi übrig sein.«

Tima zuckte zurück und fuhr sich mit der Zunge über die plötzlich trockenen Lippen. *Brakrathi.* Weshalb beunruhigte sie das Wort so sehr? »Wir sind alle Brakrathi. Und wir sind alle Menschen.« Aber als sie in Pilis haßglitzernde Augen schaute, warf der Zweifel seine Schatten und stand zwischen ihnen.

»O ja. In der gleichen Weise, wie die Schafe immer noch Schafe sind«, sagte Pili gehässig.

Die Schafe. Geschichten aus der Kindheit drängten sich in Timas Gedanken. Immer wenn ihr Vater aus einer Zeit berichtete, die ganz weit zurücklag, begann er mit den Worten: »Damals, als die Schafe noch weiß waren . . .«

Die Schafe waren nicht mehr weiß. Die Schafe trugen jetzt ein dunkles Zottelfell, das sie vor den Blicken der Herdenräuber schützte, wenn sie auf den Almweiden grasten.

Und einige Leute verhungerten, während die anderen den Winter über schliefen, ernährt von einer Fettschicht, die sich unter der Haut ablagerte.

Brakrathi.

Plötzlich kniete Pili auf dem rauhen Boden der Hütte, die Hände fest in die Seiten gestemmt. »Jeder weiß, daß die Schafe nicht mehr sind wie früher. Frag doch die alten Hirten, und sie werden dir bestätigen, daß sie im Lauf von knapp fünfunddreißig Jahren mit eigenen Augen Veränderungen beobachtet haben. Frag sie, ob sie wissen, wie die Schafe damals ausgesehen hatten, als unser Volk hier strandete und die Tiere ihren Namen noch zu Recht trugen. Und wenn sie mit den Schultern zucken, dann schlag selbst in den alten Büchern nach!

Danach geh zur Juris und frag sie, wie die Menschen aussahen, als sie noch Menschen waren.«

Sie zerrte ungeduldig an ihrem Haar. »Ich habe die Bilder genau betrachtet. Die Menschen damals hatten Ohren wie ich. Ihre Nasen ähnelten der meinen. Ihr Haar war wie das meine. Sie sahen aus wie ich — nicht wie du!«

Stumm starrte Tima die nutzlosen Knorpelmuscheln an, die zu beiden Seiten von Pilis Kopf abstanden. Unbewußt strich sie über ihre eigenen Ohren. Der ganze Aufbau war anders. Auch ihre Nase verriet deutliche Unterschiede: Sie war länger und schmaler als die von Pili, mit winzigen, runden Öffnungen. Tima runzelte die Stirn; sie sträubte sich innerlich gegen das, was sie sah. Ihr eigenes Haar war eine schwer zähmbare Masse weißer Kringel; Pili dagegen hatte dunkle, dünne Strähnen. Pilis Körper war lang, zart, geschmeidig — ihrer aber gedrungen und kurz. Pili hatte eine flache Brust, sie selbst besaß einen kräftigen Oberkörper. Pilis Nägel waren kurz und spröde, die ihren wuchsen zu langen scharfen Schneiden heran, mit denen sie Bodennüsse ausbuddeln, Nabelschnüre durchtrennen und sich notfalls sogar gegen Raubtiere zur Wehr setzen konnte.

Und es gab noch eine Reihe anderer Unterschiede, jeder für sich eher unauffällig. Tima wälzte sich in der Schlafmulde hin und her, kämpfte gegen die Angst an, die in ihr aufstieg. Sie erinnerte sich, daß sie als Kind ihren Vater einmal wegen dieser Dinge angesprochen hatte. »Die Menschen sind nun mal verschieden«, hatte er nur geantwortet.

»Die Menschen sind verschieden«, sagte sie jetzt. »Die einen sehen aus wie du. Andere sind wie ich. Und einige...«

»Einige liegen in der Mitte. Wir sind wie eine Herde, gezüchtet ohne Plan. Es dauert Jahrhunderte, bis jene unter uns, die kein Winterfett ansetzen, ausgerottet sind. Jahrhunderte, in denen man uns nach und nach aushungert.«

»Nein!« widersprach Tima mit einer Heftigkeit, die sie selbst überraschte. »Nein! Wir sind verschieden — das ist alles. Die Menschen waren von Anfang an verschieden. Die Menschen . . .«

Aber Pili schleuderte die Savonakugeln auf den Steinboden und krallte sich an Timas Ärmel fest. Ihr ganzes Gift, ihr ganzer Haß verdichteten sich in einem heiseren Wispern. »Du weißt, daß ich recht habe. Du hast nur Angst, dir einzugestehen, daß es Menschen *und* Brakrathi gibt! Du hast Angst — weil ihr immer noch auf die Schiffe wartet!«

Die Schiffe. Die Schiffe, die sie eines Tages hier finden und auf Welten bringen würden, wo das Überleben nicht einen ständigen Kampf gegen Kälte und Hunger bedeutete. Ja, sie warteten auf die Schiffe.

»Du wartest darauf, daß die Schiffe dich erlösen — aber dein Körper wartet nicht. Er hat die Winterstimmen vernommen. Er hat gelernt, daß du weniger Körperwärme verlierst, wenn dein Haar dicht ist. Er hat gelernt, daß sich die eisige Luft auf dem Weg zu den Lungen besser erwärmt, wenn deine Nase lang und schmal ist. Er hat gelernt, daß du nicht während des Winterschlafs stirbst, wenn du Fett ansetzt — er . . .«

»Dann verrat mir doch, weshalb ich keine Ohrläppchen besitze!« rief Tima. »Welchen Sinn soll das haben?«

Statt einer Antwort stemmte Pili beide Arme in die Seiten. »Wenn du ein Mensch bist, dann erklär mir, weshalb du die Stimmen hörst. Oder willst du behaupten, daß du sie nicht hörst?«

Tima starrte sie stumm an. Endlich sagte sie kaum hörbar: »Es muß etwas im Schlafkraut sein . . .«

Pili schüttelte den Kopf. Sie wirkte nun wieder ruhig und gefaßt, als habe der wilde Ausbruch ihr geholfen, eine Entscheidung zu treffen. »Wenn die Schiffe kommen, werden die Leute, die sie steuern, Brakraths Stimmen nicht hören — weil sie Menschen sind. Und wenn die Schiffe euch mitnehmen, seid ihr zum Tod verurteilt. Denn die Kräfte Brakraths werden euch nicht verraten, wie ihr euch verhalten müßt, wenn die Tage warm und die Winter kurz sind. Sie werden euch auch nicht sagen, wie sich eine dichte Atmosphäre ertragen läßt oder wo ihr die lebenswichtigen Mineralstoffe findet.

Aber mich — mich werden die Schiffe finden, wenn sie kommen. Ich kenne Höhlen, in die mir keines der Raubtiere folgen kann. Ich werde rennen — ich kann schneller rennen, als du denkst. Ich werde die Höhlen erreichen.«

Die Eishöhlen. »Du erfrierst dort oben.«

»Ja. Aber wenn die Schiffe kommen, werden sie einen Menschen auf Brakrath vorfinden — im Eis erhalten.« Einen Moment lang glitzerte wieder Rachsucht in ihren Augen. »Es ist vielleicht die einzige Spur, die ihnen verrät, daß hier einmal Menschen lebten.«

Tima starrte sie verstört an. Sie verstand das nicht. So viele Generationen hatten gewartet. War es möglich, daß Brakrath sie während des langen Wartens so umgeformt hatte, daß sie nun auf der rauhen Felsenwelt leben konnten — und nirgends sonst? Daß sie die Sturmwinter und Frostsommer überstanden — und das warme Klima, nach dem sie sich sehnten, den Tod bedeutete? Wenn die Leute, die mit den Schiffen kamen, sie und ihre Familie nicht menschenähnlich genug fanden, wenn man sie für alle Zeiten auf diese kleine Eiswelt bannte . . .?

Sie achtete nicht darauf, daß Pili die Hütte verließ. Ihre Gedanken wirbelten im Kreis. Wenn die Leute drunten im Tal gar keine Menschen mehr waren . . .

Unbewußt stieß sie einen heiseren Schrei aus, sprang auf und rannte zur Tür. Der Himmel war nacht- und wolkenschwarz. Eine einzige Fußspur führte durch den frischen hellen Schnee den Berg hinauf.

»Wenn Pili wieder zu den Gipfeln läuft, wirst du ihr nicht folgen!« So hatte der Befehl ihres Vaters gelautet. Aber da war sie noch Mensch gewesen. Nun war sie eine Brakrathi, und sie lief den schneebedeckten Hang nach oben, schrie mit rauher Stimme.

Pili rannte wirklich so schnell, wie sie sich gerühmt hatte. Einmal erspähte Tima die schmale Gestalt, wie sie den trügerischen Pfad hinaufflog, mit flatterndem dunklem Haar. Dann verschwand sie.

Tima hatte Bershs und Wendells Hütte hinter sich gelassen, war an Pilis Hütte vorbeigewankt und stolperte nun, starr vor Kälte und vom Schock, dem Felsengürtel entgegen — da hörte sie unvermittelt die Stimme des Berges. Erschrocken taumelte sie gegen einen Felsblock, rang nach Luft. Als die Stimme von neuem erklang, war sie lauter, ein klagender Sirenenruf, der seinen Ursprung in ihrem eigenen Körper zu nehmen schien. Dennoch spürte sie, wie der steinige Grund erzitterte, und wußte, daß der Laut von außen kam, von dem Berg unter ihren Sohlen — von Brakrath selbst.

Sie schüttelte den Kopf, versuchte gegen die Macht anzukämpfen, die von ihr Besitz ergriff. Die Stimme wich kurz zurück, rollte den Berghang hinunter und klang als Echo nach. Dann aber fühlte Tima sie wieder herbeiströmen, und ein Krampf schüttelte ihren Körper. Sie schrie einmal auf, ein wimmernder Protest. Dann jagte sie den eisigen Pfad hinab, umklammert von Brakraths Kräften.

Einmal schaffte sie es, sich umzudrehen und in die Höhe zu schauen. Sie entdeckte Pili weit oben, dünn und winzig wie ein Strich. Falls Pili die Stimmen vernahm, so ergriffen sie jedenfalls nicht Besitz von ihr, zwangen sie nicht, von den Steilklippen herab in Sicherheit zu fliehen.

Tima rannte, getrieben von den gellenden Stimmen, rannte vorbei an Pilis Hütte, vorbei an Wendells und an Bershs Hütte. Ihre Beine schienen zu bleiern, um sie zu tragen, ihre Brust schien zu eingeschnürt, um Luft aufzunehmen. Aber die Stimmen peitschten sie weiter in ihrer wilden Flucht hangabwärts. Sie stieß die Tür zu der verlassenen Hütte auf, in der sie und Pili Zuflucht gefunden hatten, und brach in der Kuhle aus Quellried zusammen.

Einige Augenblicke lang starrte sie blind die Leuchtstengel an, welche die Wände erhellten. Dann, beinahe gegen ihren Willen, änderte sich ihr Atemrhythmus, und die Lider schlossen sich über den starren Augen.

Sie schlief, als ihr Vater am Tag darauf mit fünf Leuten ankam, und schlief, als man sie auf einer Tragbahre zu Tal brachte. Sie schlug erst die Augen auf, als die Juris sich über sie beugte und mit spröder Stimme befahl:

»Erwache!«

Sie befand sich im Amtszimmer der Juris.

»Wo ist Pili?« Juris Nordin hatte ihr volles weißes Haar zu einer Flechtkrone aufgesteckt. Keine Strähne fiel in das herbe Gesicht. Stählerne Blicke bohrten sich in das Halbdunkel des Raumes.

Tima saß da, die Kehle ausgedörrt, das Echo der Stimmen noch in den Ohren. Die Miene ihres Vaters verriet ebensowenig wie die verschlossenen Züge der Juris. »Sie lief weg, zu den Gipfeln — zu den Eishöhlen. Ich folgte ihr. Aber dann trieben mich die Stimmen zurück zur Hütte.« Die Erinnerung an Pilis Worte kehrten zurück, und Timas Gesicht verzerrte sich. »Ich hatte kein Schlafpulver eingeatmet, aber ich hörte die Stimmen. Ich hörte sie, obwohl ich wach war!« Halb anklagend, halb verzweifelt sprudelte sie Pilis Enthüllungen hervor, den eigenen Schock und das Gefühl der Ohnmacht danach.

Ihr Vater tauschte einen Blick mit der Juris, der eine Frage enthielt. Die Lippen der Juris preßten sich zusammen. »Pili hat viel erraten — und richtig erraten. Aber die letzte Wahrheit ist ihr verborgen geblieben.«

Schwankend zwischen Verzweiflung und Verwirrung, starrte Tima von den maskenhaften Zügen der Juris zu ihrem Vater, der eher ungeduldig wirkte. Schließlich straffte er herausfordernd die Schultern. »Die letzte Wahrheit, die Juris Nordin nur dem bestätigt, der sie von selbst erkennt.«

»Und die vor mir überhaupt keine Juris eingestehen wollte«,

ergänzte Nordin scharf. »Weil es eine Wahrheit ist, die entzweit — die nicht jeder verträgt, ohne mit Arroganz oder mit Rachelust zu reagieren. Aber es gibt Momente und Umstände . . .« Zögern überschattete ihre tiefliegenden Augen. »Pili glaubte, daß der Wandel, den Brakrath in uns hervorrief, zu einem Verlust des Menschseins führen würde. Vielleicht las sie die alten Bücher nicht sorgfältig genug; vielleicht weigerte sie sich schlicht, die Wahrheit anzuerkennen. Die Geschichte unserer Vorfahren reicht weiter zurück als bis zum Zeitpunkt des Schiffbruchs; es gibt Daten aus Epochen, da die Menschen die Erde noch nicht verlassen hatten. Und all diese Daten bringen eines klar zum Ausdruck: Menschsein, Tima, das bedeutet ständiges Verändern. Nur ein Volk, das es nicht fertigbringt, sich seiner Umwelt anzupassen, verliert ein Stück Menschentum.«

Tima starrte in die tiefgrauen Augen, hörte halb unbewußt aus dem Saal drüben Schritte, ein Raunen — gewisperte Worte der Hoffnung, zeitlos, zum Ritual erstarrt. »Ich verstehe das nicht.«

»Es ist einfach, fast zu einfach. Über Generationen hinweg zeigen sich spontane Veränderungen bei dem einen oder anderen unter uns. Erweisen sich diese Veränderungen als günstig, so lebt ihr Träger mit ihnen und verbreitet sie mit dem Erbgut an einen Teil seiner Nachkommen. Sind sie dagegen ungünstig, sorgt die Natur meist rasch dafür, daß ihr Träger ausgerottet wird, ehe er sie weitergeben kann. Am Ende — und das ist ein großes Wort, wenn wir von der Menschheit sprechen — kann eine vorteilhafte Mutation auf das ganze Volk übergehen.

Wir leben seit vielen Jahrhunderten auf Brakrath, und doch haben die unter uns, welche die gebotene Kost am rationellsten verwerten, die unter uns, welche der Kälte am besten trotzen, eben erst eine knappe Mehrheit errungen. Daß wir nicht ausstarben, lag daran, daß einige der Schiffbrüchigen die nötigen genetischen Potentiale bereits in sich trugen. Wir mußten nicht auf eine große, spontane Mutation warten — uns hat vielmehr eine Reihe kleinerer Veränderungen geholfen.«

Unwillkürlich betastete Tima ihr Gesicht, ihre Haare.

Die Juris nickte. »Ja. Ich werde dir im Frühjahr die Bücher geben, von denen Pili sprach. Wenn du sie anschaust, wirst du erkennen, daß unser Menschsein im Wandel liegt, nicht in der Stagnation. Das galt schon auf der Erde, zu einer Zeit, da unsere Vorfahren erstmals ihre Kletterbäume verließen. Und es gilt auch heute noch. Daran besteht nicht der geringste Zweifel.«

War es also Pili, gefangen in einem Körper, der sich nicht anpassen mochte, die sich immer mehr von den Menschen entfernte? »Aber die Schiffe!« sagte Tima mit flehendem Tonfall. Sie suchte den Trost der Juris. »Wenn die Schiffe kommen, werden die Männer und Frauen an Bord uns nicht als ihresgleichen erkennen!«

»So wie wir sie nicht erkennen werden. Die Menschen, die jetzt von Stern zu Stern fliegen, sind in ihrer Entwicklung sicher ebensowenig stehengeblieben wie wir. Sie werden anders sein — anders als wir, anders als die Erdbewohner. Sie werden einen Wandel mitgemacht haben.«

Timas Blicke wanderten zu ihrem Vater. Sie versuchte in seinen düsteren, angespannten Zügen zu lesen. »Und sie werden uns mitnehmen? Obwohl wir verändert sind, werden sie uns fortbringen zu den warmen Welten?«

Leise sagte ihr Vater: »Ganz sicher werden sie jene fortbringen, die hier nicht glücklich sind: Pilis Familie und die anderen, die soviel mehr Grundnahrung brauchen als wir. All die Leute, die sich nicht gegen die Kälte zu schützen vermögen. Und sie werden auch uns mitnehmen — wenn wir fort von hier wollen. Oder sie werden uns zeigen, wie wir diesen Planeten verlassen können, wenn wir es eines Tages wünschen.«

Zögernd nickte Tima. Wie hieß die Litanei? *Denn kalt und rauh ist diese Welt.* Sie hatte die Mühsal um sich gesehen und als ihre eigene angenommen. Dennoch führte sie mit ihrer Familie ein einigermaßen erträgliches Leben. Keiner der Ihren war verhungert oder einem Raubtier zum Opfer gefallen. Die Kälte, die Pilis Lippen weiß und ihre Fingerspitzen blau verfärbte, hatte Tima kaum etwas ausgemacht. Wären nicht die Träume und die Stimmen des Winters gewesen, fremd und beunruhigend . . .

Die Stimmen Brakraths. »Aber wir können nicht fort!« sagte sie, und ihre Verzweiflung kehrte zurück. »Ich habe die Stimmen Brakraths gehört. Sie hetzten mich den Berg hinunter. Wie können wir uns je von ihnen lösen, ohne zu sterben?«

»Auf die gleiche Weise, wie sich die ersten Sternwanderer von der Erde lösten, ohne zu sterben«, sagte die Juris.

»Die Menschen haben immer schon Planetenstimmen gehört«, setzte Timas Vater hinzu. »Manchmal waren diese Stimmen so leise, so gewohnt, daß sie nicht bis ins Bewußtsein vordrangen. Dann wieder riefen sie so laut, daß man sie durch das ganze All vernahm und die Leute aufbrachen, um sie zu suchen. Im Moment spricht Brakrath zu denen unter uns, die bereit sind, hinzuhören — spricht zu uns auf seine ganz eigene Weise. Aber eines Tages, wenn wir eine andere Stimme hören und wenn wir Schiffe besitzen, die uns in die Ferne tragen, werden wir gehen — und uns wieder verändern.«

Ja, sie würden gehen, und ihre Körper würden sich den Bedingungen der neuen Heimatwelt anpassen. Unendlich wandelbar, würde das Keimplasma auf den Druck von außen reagieren und sich so umformen, daß ein Überleben möglich war. Und wenngleich vielleicht Hunderte von Generationen nötig waren, um den Wechsel zu vollenden — letzten Endes war die neue Rasse fertig.

»Dann müssen wir fort von hier«, sagte Tima schließlich leise. »Eines Tages müssen wir Brakrath verlassen.«

Die Juris nickte, und ihre Züge wirkten ein wenig weicher. »Du begreifst rasch. Wenn der Wandel hier vollbracht ist, wird es uns fortziehen wie unsere Vorfahren, als sie den Zwang spürten, die Erde zu verlassen. Ob an Bord von Schiffen, die uns hier entdecken, oder an Bord von Schiffen, die wir selbst bauen — wir müssen fort. Denn wir müssen uns verändern, um Menschen zu bleiben.«

Timas Vater nickte und streckte die Hand aus. Sein Griff war warm und fest. »Doch das liegt alles noch in weiter Ferne. Im Moment reicht es, wenn wir die Schlafkammern aufsuchen. Du hast das Festmahl versäumt, Tima. Die Räte streuen bereits das Laub aus.«

Ja, sie hörte die Gesänge und das Wispern der Menschen im Saal. Sie stand da und erschauerte ein wenig beim Gedanken an die Träume, die Stimmen. Doch nun wußte sie, daß die Stimmen sie weder festhalten noch vernichten konnten. Sie konnten die Menschheit nur führen — und eines Tages freisetzen.

Juris Nordin nahm sie am Arm. »Schlaf gut. Wenn wir uns wiedersehen, sind wir alle ein Stück näher.«

Timas Mund war trocken, ihre Lippen fühlten sich spröde an. Dennoch kamen ihr die Worte des Rituals leicht über die Zunge. »Näher dem Zeitpunkt, Juris.«

»Näher der Erlösung«, setzte ihr Vater hinzu. Einen Moment lang, ehe sie den dunklen Saal betraten, hingen die Schiffe zwischen ihnen, hell und verheißungsvoll.

Aus dem Amerikanischen übersetzt von Birgit Reß-Bohusch

DAVID ANDREISSEN & D. C. POYER

Wenn nichts als nur der Wille sagt: Steh fest!

»Ja, ja, ich weiß«, setzte Gerald Corcoran nach der üblichen Pause fort, die er seinem Lieblingsgedicht immer folgen ließ. »Es ist sexbetont, rassistisch und terrazentrisch. Kipling ... Aber zu seiner Zeit, Junge, da gab es eben nur die Erde, wenn du auch zu jung bist, dich daran zu erinnern.«

»Ich hab' das schon einmal gehört, Sir«, sagte Ayid Hafouz, während er die letzten Kleidungsstücke in seinen Spind hängte. Sein Masseur, Po-xiang aus Kanton, machte sich leise im Mannschaftsraum zu schaffen. »Im Englischunterricht. Sie wissen doch, Trainer, ich werde so schnell laufen, wie ich kann. Ich bin nur kein Kurzstreckenläufer.«

»Das ist er ... es ... ach, was immer, auch nicht.« Der große, schon etwas beleibte Amerikaner mit dem roten Gesicht schritt nervös im Raum auf und ab, seine geballte Rechte in die flache Hand schlagend. »Ich weiß, du wirst dich voll einsetzen, Kleiner, du bist doch nicht von deinem gottverlassenen Wasserloch bis nach Olympia ...«

»Al Jarzhirez«, murmelte der junge Bursche, während er dem Masseur sein rechtes Bein hinstreckte. Er zuckte ein wenig, als Po-xiang seine langen sehnigen Muskeln mit einer geschmeidig machenden Emulsion einrieb. Sein rechtes Knie machte ihm Schwierigkeiten, ein unbestimmter Schmerz tief im Gelenk. Corcoran überhörte die Unterbrechung und sprach weiter.

Ayid betrachtete seine langen, dünnen Beine. Po-xiang, das runde Gesicht konzentriert, arbeitete schweigend und gleichmäßig, von den Schenkeln abwärts zu den harten, durchtrainierten Wadenmuskeln. Seine kleinen starken Finger gruben sich tief in die Muskeln ein und lockerten die Spannung vor dem Rennen.

›Fünf Jahre‹, dachte Ayid. Fünf Jahre zwischen ihm und den sonnenverbrannten Hügeln des panarabischen Algerien. Jahre immer härteren Trainings, zuerst im nationalen Lager in Tarabulus, später im olympischen Camp selbst, in Irland. Dann, nach seinem unerwarteten Sieg über die Langstreckenläufer der Atlantischen Union und der Sowjetföderation bei den 2084er Spielen, das Spezialcamp in Colorado.

Dort war er Corcoran und seinem Team begegnet und hatte erst wirklich laufen gelernt.

Eine weite Reise. ›Wie viele Kilometer bist du in deinem Leben gelaufen, Ayid?‹ Der Trainer sprach und sprach, aber Ayid hörte ihn nicht. Er trank die Wasser-Glukosemischung, die ihm der Co-Trainer einschenkte. ›Wie viele Meilen?‹ Gelaufen war er, barfuß über die Hügel, denn Schuhe waren selten in seinem Dorf. Gelaufen war er, weiter, als seine Erinnerung zurückreichte, wenn er die vier Kamele und sechs Ziegen seiner Familie hütete, um ihren wertvollen Dünger einzusammeln, bevor die anderen Kinder ihn erwischten. Die M'zab, die ›Puritaner der Wüste‹, hielten noch an der alten Lebensweise fest — an Tradition und Koran. Sogar der Bewässerung mißtrauten sie als einer Entweihung des Landes, das durch Allahs Wille Wüste geworden war.

Ayid war in diesem Glauben aufgewachsen, hatte kein anderes Leben gewollt. Aus purer Freude war er über die in Sonne getauchten Sandwächten gelaufen, wo die Füße einsanken in den schweren Sand, so daß das Herz ihm hämmerte und der Atem keuchend durch die Kehle drang. Dann war eines Tages der Minister für arabischen Sport nach Al Jarzhireh gekommen, hatte eine Gestalt gesehen, die da lief und lief, mit windgepeitschtem Burnus, fast Schritt haltend mit dem betagten khakifarbenen Rolls-Hover . . .

Eine Hand fiel auf seine Schulter, und er blickte auf. Böse sah der Amerikaner ihn an. »Sieh mal, Kleiner, ich weiß, das Rennen geht bald los, aber wie soll ich meine Aufgabe als dein Trainer erfüllen, wenn du mir nicht zuhörst?«

»Es tut mir leid, Mr. Corcoran. Was sagten Sie, Sir?«

»Ich möchte, daß du auf der ganzen Strecke führst. Ein flotter Start ist ein flottes Finish, also will ich dich vom Strahl weg vorne haben, und gib, was du hast, bis zum Schluß. Es ist ein verdammt langer Sprint, aber das muß unsere Strategie sein.«

Ayid nickte, stand auf und streckte seinen nackten Körper. Locker von der Massage, fühlte er sich stark und geschmeidig. Er sprang federnd auf den Zehenspitzen und konnte fühlen, daß seine Achillessehnen straff waren wie ein gespannter Bogen.

»Wie fühlst du dich, Ayid?« fragte Po-xiang.

»Großartig, Wang. Irgendwie leicht.«

»Etwa ein Kilo«, sagte Corcoran. »Olympia hat null Komma fünfundachtzig g. Könnte deine Zeiten ein wenig aufmöbeln, aber es hilft sicher auch dem Gegner.«

»Wie weit ist es dieses erstemal wieder, Sir?«

Corcoran zog ein schwarzes Notizbuch heraus und blätterte darin. »Die Chircurgi haben die Einteilung erst herausgebracht . . . wart mal, die messen alles mit diesen verrückten Medianeinheiten . . . also, heute, erstes Rennen, einhundert mediane Normen. Macht 270 Meter.«

»Ein einziger Spurt?«

»Du mußt von Start bis Ziel führen, wie ich sagte. Wir verlassen uns zwar bei diesem ersten Rennen mehr auf Southren und Kwarafa, aber ich will dich ganz vorne haben. Das zweite Rennen, morgen, fünftausend Normen, das sind etwas mehr als dreizehntausend Meter — sieben Plus-Meilen, das wird ein gutes Rennen für dich.«

Ayid spürte Furcht in der Magengegend aufsteigen; im Gesicht sollte sie ihm keiner ansehen. Sie war eine treue Begleiterin vor jedem Rennen. Die M'zab lehnten es ab, Angst oder überhaupt Gefühle zu zeigen. Er hatte gelernt, sie in seinem Innersten einzuschließen, bis zu jener Sekunde an der Startlinie, da der Knall der Pistole die Furcht in dem bis zum Kippen vorgeneigten Körper in verzweifelte Energie verwandelte. Er spreizte die dünnen braunen Finger auf der Bank und sagte ruhig: »Und das dritte Rennen, Sir? Haben die Dhelier einen so langen Wettlauf wie unseren Marathon?«

Der Amerikaner zögerte. »Länger«, sagte er endlich. Po-xiang, der dabei war, Ayids Füße zu massieren, sie weit zurückzubiegen, um die Sehnen zu dehnen und zu erwärmen, sah überrascht hoch.

»Länger als ein Marathon? *Bism'Allah* — ich meine, um wieviel länger, Sir?«

»Achtzehntausend Normen«, sagte Corcoran langsam. »Achtundvierzig Kilometer — etwas über dreißig Meilen.«

Olympia, wie die Terraner sie nannten, war eine schöne Welt. Ayid, im Trainingsanzug, lief auf der Stelle in der Mitte des Feldes und sah um sich.

Die Bahn, auf der die ersten beiden Rennen stattfinden würden, lag im Zentrum eines flachen (natürlichen?) Talkessels. Ihm gegenüber, an die Hänge gebaut, befanden sich die Sitzgelegenheiten der Zuschauer, die sich bereits mit Schaulustigen des Raumsports zu füllen begannen. Im Osten gab es einen Hotelbereich. Nahe der Bahn lief das Holo-Personal geschäftig herum; Funktionäre und Polizisten gingen ihrer Tätigkeit nach.

Die Bahn — jetzt sah er sie zum erstenmal bei Tageslicht. In dhelischem Stil erbaut, war sie länger als irdische Bahnen und nicht oval, sondern in Form einer Acht angelegt. Unter einer winzigen bläulich-weißen, aber heißen Sonne lag das kurzgeschnittene ›Gras‹ der Bahn in einer Richtung da, als sei es gekämmt. Es funkelte eigenartig, wie mit Diamanten besät. Die Lauffläche selbst war gut zehn Meter breit und schien einen natürlichen Belag zu haben, eine moosartige Pflanze, nicht zu hart, die sich angenehm anfühlte unter seinen nackten Füßen, als er sie betrat, um mit seinen gewohnten Streckübungen zu beginnen.

Langsam stieg er in die Aufwärmkluft. Sie war ihm von Corcorans Bioingenieuren entworfen worden und streckte und erwärmte jeden Laufmuskel, jedes Gelenk, jede Sehne. Der Trainingsanzug selbst war an den Waden, Schenkeln, Armen und am Nacken elektrisch beheizt. Als er zur ersten langsamen Runde ansetzte, schwitzte er bereits, trotz der dünnen, kühlen Luft.

Er ließ sich Zeit, erprobte Belag und Wirkung der Schleife. Für die langen Rennen würde diese Bahn besser sein, fand er, weil die Kurven in gegensätzlichen Richtungen zu nehmen waren. Das Moos lag weich unter seinen nackten Füßen und fühlte sich trotzdem griffig an. Als er die erste Kurve, die rechts ausgebaut war, umrundet hatte, sah er sich den dhelischen Zuschauern direkt gegenüber. Sein erster Gedanke war, wie menschlich sie doch aussehen, der zweite der Schock des frommen Moslem über ihren Mangel an Kleidung. Dicht aufgereiht an den Hängen, sahen ihre Gesichter nicht anders aus als die jeder beliebigen terranischen Menschenmenge. Es gab gedämpftes Gemurmel, als er vorbeitrabte, aber plötzlich wurde die Menge laut. Er konnte nicht unterscheiden, ob sie applaudierte oder spottete. Spotteten Dhelier?

Ein eigenartiges Volk, dachte er, als er die Kurve hinter sich ließ und in die zweite Gerade einlief. Er hob den Kopf, beschleunigte allmählich auf Dreiviertel seiner vollen Kurzstreckengeschwindigkeit, die Knie hochziehend, die Beine weit vorgreifend, die Arme gleichmäßig pumpend und jeden Muskel, den er nicht brauchte, entspannt. Seine Gedanken kreisten um das wenige, das er von dieser seltsamen humanoiden Rasse wußte.

Die Erde war im frühen einundzwanzigsten Jahrhundert entdeckt worden, nicht von den Dheliern, sondern von einer anderen medialen Rasse, die Schuppen hatte, viele Arme und schnelle reptilartige Bewegungen — sowie das Talent, in Sekundenschnelle und auf ein Tausendstel Prozent genau Profit zu errechnen. Die Chircurgi. Die Menschheit hätte sich etliche Kriege, an denen sie so viel Vergnügen fand, leisten können für die Summe, die die Chircurgi für ihr Sternenschiff verlangt hatten; aber schließlich hatte die UNO bezahlt.

Zehn Jahre später, als das erste auf der Erde erbaute Sternenschiff im Triumph auf einem dhelischen Planeten gelandet war, boten die Mechaniker des Raumhafens der Besatzung einen kompletten Satz der Pläne um umgerechnet knapp dreizehn Dollar an. Man konnte sich die Wut der Menschen vorstellen, als sie dann noch erfahren mußten, daß die Pflanzenderivate, mit denen sie bezahlt hatten, am interplanetaren Markt einen weit höheren Wert besaßen als jemals auf der Erde.

Wie sie gelacht haben mußten, die Dhelier, dachte Ayid, während Scham in ihm hochkam. Nicht für sich ... für alle Menschen.

Die Dhelier! Die Dhelis. Wenn es eine dominierende unter den sechzig medialen Rassen gab, so waren sie es. Beruhigend humanoid im Vergleich zu den Chircurgi, aber den Menschen derart überlegen in allen menschlichen Eigenschaften, daß sich zu dem natürlichen Groll der Terraner gegen die Außerirdischen, die sie geprellt hatten, bald ein rassischer Minderwertigkeitskomplex gesellte. Nackt, groß, schön, von intuitiver Intelligenz, waren die geschlechtslosen Dhelier ein Bild der Menschheit, wie sie vielleicht in einer Million Jahren aussehen mochte. Jeder Mensch beneidete sie, bestaunte sie — und haßte sie.

Nach drei Runden wurde Ayid langsamer, um sich und seine Kraft einzuschätzen. Er fühlte sich kräftig. Das bißchen Schmerz unten in seinen Beinen war nichts, er würde sie während des Rennens nicht einmal spüren. Seine Lungen arbeiteten gut, und sein Kopf war klar. Er sprühte vor Energie. Die vier Ruhetage auf dem Raumschiff von der Erde hatten ihm gutgetan, und Poxiangs Massagen und Aufbesserung der Kost hatten das ihre beigetragen. Nur hatte er es lästig gefunden, so manches abwehren zu müssen — Dinge, die das strenge M'zab-Gesetz verbot — die ihm Corcoran aber aufnötigen wollte.

Er war bereit für dieses Rennen.

Zahlreiche Linsen reflektierten das blaue Sonnenlicht, als er vor den terranischen Tribünen aus der Bahn schwenkte. Die Holo-Teams hatten für die Übertragung aufgebaut, die Sportjournalisten waren angekommen.

»Da ist er. Hallo, Hafouz!«

»Abel Berenson, UBC«, sagte ein dicker Mann, auf dessen Schulter eine Kreisel-Stereo-Minikamera wie eine zahme Eule hockte. »Was ist Ihr Eindruck von dem dhelischen Läufer . . . wie heißt er . . . Tseil Laol? Übertrieben verfeinert? Kann menschlicher Ehrgeiz . . .«

»Völker-Rundfunk«, platzte eine dunkelhäutige Frau dazwischen. »Bruder Hafouz, können Sie eine Erklärung abgeben über . . .«

»Weg da!« Ayid zuckte zusammen, als Corcoran wie ein Stier zu brüllen begann. »Du, dort! Schau, daß du wegkommst von ihm!« Die Reporter stoben auseinander, als der Amerikaner dreinfuhr, aber erholten sich sofort und bestürmten nun den Trainer, während Ayid stammelte und rot wurde.

»Mr. Corcoran, Erklärung des Trainers für die Presse?«

»Verdammte Blutsauger! Okay. Aber ein bißchen zurück mit euch.« Er steckte die Hände in die Hosentaschen, während lautlose Kameras auf ihn und den Läufer im grauen Trainingsanzug gerichtet waren. Sie schossen das flache rote Gesicht des Amerikaners und das schmale dunkle des Algeriers hinaus, durch Hunderte Lichtjahre, über die Apparaturen der Dhelier, die irdische Techniker noch nicht zu verstehen begonnen hatten. »Also, meine Erklärung. Ayid, steh nicht herum, wärm dich weiter auf. Okay?

Wie Sie wissen, findet heute das erste Rennen der fünfzehntausendsechshundertvierzehnten Medialen Sport-Konvention statt. Eine Art interplanetarer Olympischer Spiele, die in Abständen von etwa elf Jahren abgehalten werden. Diese ist die erste Konvention, zu der die Erde eingeladen wurde. Wir treten auch in einigen anderen Disziplinen an — Schwebegymnastik, Weitsprung, Gewichtwerfen, Skilauf und Zweikampf. Ich glaube, wir haben eine K-Ball-Mannschaft, obwohl sie nach meiner Ansicht für Finalspiele noch nicht reif ist. Unsere Aussichten sind da ziemlich schwach. Es gibt andere Rassen im Median, die schwimmen wie die Barracuda, die eine Hundert-Kilo-Kugel über eine Meile werfen und im Hochsprung zehn Meter unter drei Hei bewältigen.

Aber die Menschheit — wir sind Lauftiere. Und das seit wir draußen in den afrikanischen Savannen aufwuchsen.

Darum meine ich, daß wir in diesem Bewerb eine gute Chance haben.«

»Sind die Dimpf gute Läufer?« fragte die Frau, die Hafouz Bruder genannt hatte. Corcoran sah sie an. Sie war sehr hübsch, aber plötzlich dachte er, er würde sie nicht mögen, wenn er mit ihr näher bekannt wäre.

»Sie sind keine *Dimpf,* ich mag dieses Wort nicht. Ja, sie sind gute Läufer. Ihr Knochen- und Muskelaufbau ist fast wie unserer. Hauptunterschiede sind die Geschlechtsorgane und ... vielleicht das Gehirn. Vielleicht.«

»Mr. Corcoran, eins noch: Kann Ayid gewinnen?«

»Tja, für die längeren Strecken ist er der Beste, den wir haben. Vergessen Sie aber nicht, daß wir als Mannschaft antreten. In den Kurz- und Mittelstrecken müssen Kwarafa und Southren ihre Leistung erbringen, damit es ein allgemeiner Erfolg wird.« Er nahm die Hände aus den Hosentaschen und deutete auf Ayid. »Jetzt muß ich aber gehen!«

»DIE LÄUFER DES ERSTEN RENNENS MÖGEN SICH AM START EINFINDEN«, hallte es zwischen den Hügeln. Es folgte eine Pause, dann wurde die Ansage in verschiedenen Sprachen wiederholt. Eine davon — rasch und fließend, mit weichen Selbstlauten — war Dhelisch.

»Fünf Minuten, Kleiner«, sagte Corcoran. Er stand in der Tür zum Umkleideraum.

Ayid blickte auf, nickte und senkte wieder den Kopf bis zum Boden. Die lange Sure würde er zu Ende bringen; es war die neunundfünfzigste, eine seiner liebsten, und er konnte sie auswendig.

... Er ist Gott, und außer ihm gibt es keinen Gott. Er kennet die geheime Zukunft und die geoffenbarte Gegenwart, Er der Allbarmherzige.

Er ist Gott und außer ihm gibt es keinen Gott, Er der König, der Heilige der Friedensstifter, der Zuversichtliche, der Wächter, der Mächtige, der Starke und Hocherhabene.

Gott ist hocherhaben über die Götzen, welche sie ihm zugesellen. Er ist Gott der Schöpfer, der Verfertiger, der Bildner. Er hat die herrlichsten Namen. Ihn preiset, was im Himmel und was auf Erden ist, Ihn, den Allmächtigen, den Allweisen.

Er verneigte sich dreimal — nicht in Richtung Mekka (denn wer konnte hier wissen, in welcher Richtung Mekka tatsächlich lag?), sondern nach Osten, der Morgensonne zugewandt. Dann stand er auf, rollte die Gebetsmatte ein und verstaute sie vorsichtig in seinem Spind. Er breitete die Arme aus und ließ sich von Po-xiang den Trainingsanzug ausziehen. Darunter war er nackt.

Gut geölt, schimmerte seine braune Haut, die um das Zwerchfell und an den Schenkeln etwas heller war. Seine langen schwarzen Haare, die Tracht der M'zabiter Männer, waren hinten zusammengebunden. Er blickte zu Boden, sah die beiden anderen Männer nicht an, aber seine Stimme war leise und ziemlich ruhig, als er sagte: »Ich bin bereit.«

»Chemie?« fragte Corcoran.

»Eins a!« sagte der Co-Trainer. »Kontrollierte sie, kurz bevor er zu beten begann.«

»Zucker?«

»Letzter Stand war minus zehn. Habe ihm hundert Kubik eingeflößt. Beginnt erst in fünfzehn Minuten zu sinken. Bis dahin ist das Rennen längst vorbei.«

»Haben Sie ihm sonst was gegeben?«

»Er wollte nichts«, antwortete Po-xiang, seine Augen ausdruckslos.

»Vielleicht sollte er aber«, versuchte Corcoran. »Die Regeln sind hier anders als auf der Erde — alles geht, Implantationen, Drogen . . .«

»Keine Sorgen, Sir!« rief Ayid.

»Na ja, es ist nur ein Sprint, wir rechnen auch mit Terry und Kebe.« Er wies ihn mit dem Daumen zur Türe. »Aber ich würde mich gern überraschen lassen, Ayid.«

Applaus brauste auf, als er langsam ins Freie lief. Er wurde rot, war sich seiner Nacktheit peinlich bewußt, obwohl es die dhelischen Regeln verlangten und die Kharidjiter Stammesältesten ihre Zustimmung gegeben hatten.

»Viele Zuschauer«, sagte einer neben ihm. Ein kleiner gedrungener Läufer, schwarz wie Ebenholz: Kebe Kwarafa, der Panafrikaner, der 2084 mit einem Lauf von 9,2 Sekunden über hundert Meter die Welt in Erstaunen versetzt hatte. »Wirst du gewinnen?«

»Versuchen werd' ich es. Aber ich tippe auf dich — es ist deine Distanz.«

»Vielleicht.« Der Afrikaner streckte die Hand aus, um Ayids langsamen Trott zu bremsen. Gemeinsam gingen sie nun im

Schritt zur Startlinie. Ayid spürte nervösen kalten Schweiß am Kinn. »Hör zu, Ayid, du darfst dich nicht zu sehr verausgaben. Es ist nur das erste Rennen, verstehst du?«

Langsam drehte Ayid den Kopf und starrte ihn an. Kwarafas breite Züge waren vor Aufregung verzerrt. »Was soll das heißen, Kebe? Nur das erste Rennen? Das sind die Medialen!«

Kwarafa schleuderte seinen muskulären Arm hoch, um auf eine Gestalt zu zeigen. »Aber wie sollen wir so was besiegen?«

»Allah«, sagte Ayid leise.

Ein Engel stand am Start, trat federnd von einem Fuß auf den anderen und sah hinüber zu den dhelischen Sektoren.

Tseil Laol Laia. Er kannte die stolze Linie des Rückens und das dunkelblonde Haar von unzähligen Trainingsübertragungen. Aber die Wirklichkeit war atemberaubend. Beine, unbehaart und goldbraun; rötlich schimmerndes, dunkelblondes Haar, das von der mächtigen Stirn über den schlanken Nacken herabfloß. Terry Southren, der australische Mittelstreckenläufer, wirkte neben Laol untersetzt, ja animalisch, als er an ihm vorbei zu seiner Bahn ging. Mit Schrecken sah Ayid seine eigene Nummer. Vier rechts neben Laol.

Zwei andere Dhelier gingen rasch zu ihrer Bahn, als die Lautsprecher »Eine Minute vor Start« durchgaben. Ein Murmeln von den Rängen her füllte das Tal. Ayid zuckte zusammen, als etwas Hartes seine Schulter traf. Es war Kwarafas muskulöse Faust. »Vergiß nicht, Ayid, heb dir was auf für die nächsten beiden Rennen.«

»Viel Glück, Kebe!«

Eigenartig, einem Läufer so etwas zu sagen, dachte Ayid, während er auf seiner Bahn Platz einnahm. Dann sah er nach links — und das Gespräch mit dem Afrikaner war wie ausgelöscht aus seinem Denken.

Er war Tseil Laols Blick begegnet. Er sah in riesige goldene Augen, wie die eines Gottes, eines Djinn, ja fast die Augen Allahs selbst. Weise, verständnisvoll, stark . . . »Hallo, Ayid Hafouz«, sagte der Dheli.

»Ah«, stammelte er und zog den Kopf ein. Das Blut schoß ihm

ins Gesicht. Am liebsten wäre er vor ihm zu Boden gefallen, hätte sich in den Staub gelegt, vor diesem gottähnlichen Mann.

Mann? Ayid starrte sprachlos auf seine Leistengegend. Er hatte natürlich davon gelesen, aber es war doch etwas anderes, diese glatte Hautfalte zu *sehen,* ohne Haare, frei von jeglichem Geschlecht. Als er endlich seinen Blick hochzwang, war ein leises Lächeln im Gesicht des Dheliers. »Lauf gut«, hörte er ihn sanft sagen. »Und der Bessere von uns beiden soll den Sieg davontragen.« Sein Englisch war fast perfekt. Er streckte Ayid seine schmale goldfarbene Hand entgegen; der aber starrte ihn nur an, unfähig zu glauben, daß er selbst gemeint war.

»LÄUFER, AUF DIE PLÄTZE!«

Mit einer Reflexbewegung riß es ihn hinunter zu den Startblöcken. Sie waren nicht da. Erst jetzt fiel ihm die dhelische Abscheu vor künstlichen Hilfsmitteln im Sport ein, wenn mediale Regeln sie auch zuließen; offensichtlich gehörten Startblöcke dazu. Er entschloß sich zu einem Start aus dem Stand und bohrte seine nackten Zehen in den weichen Boden. Geduckt blickte er rasch nach links und rechts. Drei Terraner waren sie und drei Dhelier, aber jetzt stand jeder alleine auf seiner Bahn, zog sich in sich selbst zurück, um Körper und Geist auf die wenigen explosiven Sekunden einzustellen, die den Ausgang des Rennens entscheiden würden. Ayid schaute auf seine Hände. Die moosige Oberfläche der Bahn roch wie gemahlener Zimt, und aus der Nähe konnte er das netzartige Ineinandergreifen der rauhen flachen Blättchen erkennen. Er holte tief Atem, und während er ein letztesmal Allah anrief, fühlte er eine Welle der Energie durch seine Beine fließen, in sein Blut, und er heftete seine Augen auf den Startstrahl.

»ACHTUNG!«

Die Menge sah — und die Holokameras sendeten — sechs Rücken in einer Reihe, sich in einer gleichzeitigen Bewegung streckend, sechs sich hebende Köpfe, sechs muskulöse Körper in voller Spannung für den Start. Ein leises Geräusch durchzog das Tal: der eingezogene Atem Tausender Zuschauer, Terraner und Dhelier.

Der Strahl erlosch. Ayids Körper, schon im Flug, ehe er es registrierte, schnellte wie eine abreißende Feder. Seine Zehen bohrten sich dumpf in das weiche Erdreich von Olympia. Entsetzt erfaßte er, daß er vier sich rasch vorwärtsbewegende Rükken vor sich sah, zwei menschliche, zwei dhelische. Er war noch immer nach vorn gebeugt, beschleunigte noch, aber sie waren bereits in vollem Sprint. Die Zehn-Normen-Linie flitzte fast unbemerkt vorbei, dann kam er in Schwung und schleuderte sich vorwärts mit aller Kraft, die er in den langen harten Muskeln seiner Schenkel und Waden hatte.

»Mach Dampf!« rief ihm Corcoran ins Ohr. Der Befehl kam blechern und entfernt von dem eingepflanzten Mikrophon hinter seinem Ohr. »Du kannst noch immer aufholen. Mach Dampf! Ja, so!«

Das bin ich nicht gewohnt. Ayid beugte sich noch weiter vor und konzentrierte sich darauf, weit auszuholen. Kopf hoch jetzt! Waren die Rücken etwas näher? Die große Gestalt Tseil Laols lief dicht vor ihm. Weiter vorn waren Southren, Kwarafa und der andere Dhelier, und sie schienen jetzt an Tempo zu gewinnen.

Wieder eine Linie. Dreißig Normen. Noch siebzig. In vollem Tempo, wie jetzt, wie lange hältst du durch, Ayid?

Aber der Abstand zwischen ihm und Laol verringerte sich. Gleichmäßig und elegant lief der andere, seine Fersen leuchteten im raschen Wechsel in der Sonne, als Ayid sich näherte. Das Gebrüll der Menge war ohrenbetäubend. Die Bahn flitzte vorbei, verschwommen durch das Tempo. Laol war jetzt knapp vor ihm, zu seiner Linken, alle Läufer noch in ihren markierten Bahnen. Ayid heftete sich hartnäckig an ihn, überlegte, wo der dritte Dhelier sein mochte. Hinter ihm. Aber wie weit?

Fünfzig Normen. Die Mitte. »Genau dreizehn!« hörte er Corcorans aufgeregte Stimme. »Gut, aber hol weiter aus. Und den Kopf in die Höhe!«

Er riß den Kopf hoch, aber plötzlich meldete sich Müdigkeit in seinen vorwärtsstrebenden Schenkeln. Vorn hatte Southren aufgeholt, war jetzt zwischen Kwarafa und dem führenden Dheli. Die drei liefen Kopf an Kopf, als seien sie zusammengeschweißt.

Die Menge tobte noch lauter, raste, verlangte Tempo. Ayid gehorchte ihr, die heiße Luft sägte in seinem Hals, die Arme arbeiteten verzweifelt, als ob er vorgreifen und die führenden Läufer zu sich zurückholen könnte. Plötzlich wurde ihm bewußt, daß er dem Dheli Zentimeter um Zentimeter nachkam. Tseil Laol war jetzt nur eine Schrittlänge vor ihm. Mit der Erkenntnis brach eine Kraft in Ayid aus, die ihn auf gleiche Höhe mit dem rotblonden Läufer trug.

Siebzig Normen. Mit gewaltiger Anstrengung hielt er sich neben seinem Mann, als eine Bewegung vorn den stampfenden Rhythmus unterbrach und seine Aufmerksamkeit beanspruchte. Kwarafa, eine stampfende Maschine, kam von seiner sorgsam markierten Bahn nach rechts ab. Das Stück grellblauer Himmel zwischen ihm und dem australischen Läufer wurde immer schmaler. Southren, völlig auf seinen eigenen angestrengten Körper konzentriert, merkte nicht, daß der Afrikaner sich langsam in seine Bahn schob. Ayid, der sein volles Tempo lief, konnte nichts tun als neben Laol bleiben, der ihn inzwischen bemerkt hatte und vorzupreschen drohte. Es geschah. Kwarafas Arm schien mit dem Arm Southrens zu verschmelzen. Bei der Geschwindigkeit, in der sie sich bewegten, war der geringste Kontakt eine Katastrophe. Southren kam ins Wanken, hielt sich instinktiv nach rechts, um Kwarafa auszuweichen. Der Afrikaner, der seinen Irrtum begriff, versuchte in seine Bahn zurückzukommen, strauchelte und fiel. Ein ausgestreckter Arm streifte Southrens Beine. Dann war Ayid vorbei, und es gab nur noch ...

»Noch zehn, Junge, mach Dampf!«

Er betete und strengte sich an, aber der Sprint war zu lang. Er lief, so schnell ihn sein Körper tragen konnte, aber seine Beine schleppten sich wie durch heißen Sand, und es schien in der dünnen Luft Olympias kein Sauerstoff mehr zu sein. Verzweifelt gab er seine letzten Reserven — er sah schon den roten Strahl am Ziel — Tseil Laol, sein Zwilling, sein Schatten, mußte doch auch ermüden — noch einmal eine letzte Anstrengung, Allah, obwohl seine Beine wie Blei waren und die Luft ein Glühen in seinem Hals ...

Das Toben der Menge wurde ohrenbetäubend, als er und Laol zusammen den Strahl durchschnitten, zwei Schrittlängen hinter Southren und dem führenden dhelischen Sprinter. Ayid bremste sich ab und fiel in einen langsamen Trab, tief Luft schöpfend, um den Sauerstoff zu ersetzen, den die Muskeln aus dem Blut gesogen hatten.

»Braver Lauf, Kleiner!« kam Corcorans Stimme. »Ich glaube, am Schluß hast du ihn gepackt. Vielleicht haben wir einen Ersten und einen Vierten. Deine Zeit war sechsundzwanzig fünf, soweit ich sehen konnte.«

Ayid verließ die Bahn und lief einen kleinen Kreis am Bahnrand. Er hörte die Bravorufe aus den Reihen der Terraner, aber er hielt seinen Blick zum Boden geheftet. Der Beifall tat wohl gut, aber ein M'zab vom Stamm der Kharidjiter zeigte keine Gefühle, weder im Triumph noch in der Niederlage. Ein paarmal streckte er sich durch und lief dann zurück zum Ziel.

Kwarafa, leicht hinkend und gestützt auf zwei panafrikanische Trainer, kam gleichzeitig an. Ayid hörte, wie er bei Southren um Verzeihung bat: »Terry, es war meine Schuld. Kam aus meiner Spur. Es war nicht Absicht . . .«

»Ich weiß, Kebe. Brauchst dich nicht zu entschuldigen.« Er legte seinen sommersprossigen Arm um Kwarafa. »Ich bin sowieso ziemlich sicher, daß ich vorn lag. Mensch, kann der Maior sprinten!«

»ENDERGEBNISSE, HUNDERT NORMEN SPRINT«, dröhnte die aufgeregte Stimme des terranischen Ansagers. Rundum wurde es still. »ERSTER PLATZ: SOUTHREN, TERRY, ZEIT: FÜNFUNDZWANZIG KOMMA ACHTUNDZWANZIG AN DER LINIE.«

Southren strahlte, ein breites Grinsen auf seinem Gesicht, und hob die Arme hoch, während Ayid und der Dhelier, der zweiter geworden war — Maior hatte ihn Southren genannt — ihm auf den Rücken klopften und ihn umarmten. Kwarafa zögerte eine Sekunde, dann kam auch er und gratulierte lachend.

»ZWEITER PLATZ: AIA MAIOR LAIA. ZEIT: FÜNFUNDZWANZIG KOMMA EINUNDVIERZIG SEKUNDEN.«

Lächelnd gaben Southren und der Dhelier einander die Hand. »Ich gratuliere dir, du bist ein toller Läufer«, sagte Maior.

»Du auch«, gab Southren zurück. Die beiden sahen einander kurz in die Augen, und Ayid bemerkte, wie Southren einen staunenden Ausdruck bekam. »Du . . .«

»Kein Neid — nein«, versicherte ihm der Dheli. »Das wundert dich, nicht wahr? Dann haben wir viel über einander zu lernen.«

Die Reihen leerten sich rasch, während die übrigen Zeiten angesagt wurden. Menschen und Dhelier strömten zurück zum Hafen von Olympia, wo sie den Nachmittag, sorgfältig getrennt, mit Unterhaltung zubringen würden. Ayid, dem langsam kalt wurde, verabschiedete sich und lief im Schritt zu den terranischen Rängen, wo er Corcoran und Po-xiang auf sich warten sah. Er hatte ein gutes Gefühl, obwohl Tseil Laol ihn um zwei Hundertstel einer Sekunde geschlagen hatte, so daß Ayid auf dem vierten Platz gelandet war. Wahrscheinlich war sein Arm gerade oben, und er hat damit den Strahl als erster geschnitten, dachte er, während er den beiden Wartenden winkte. Aber ein Mensch war schließlich Erster geworden. Lächelnd erreichte er die Ränge. Aber dort blieb er stehen.

Corcorans Gesicht war eisig, er schaute Ayid kaum an. Er wandte sich dem Assistenten zu, in dessen rundem Gesicht von gehobener Stimmung über den Sieg auch nichts zu bemerken war. »Wang, ich muß mit Hafouz reden. Würden Sie . . .«

»Natürlich, Jerry — aber sagen Sie, er lief gut.« Der Kantonese fing Corcorans Blick auf und brachte nur mehr ein »Ja . . .«, heraus, dann ging er auf das Mannschaftsgebäude zu. Corcoran sah ihm nach, bis er außer Hörweite war, dann fiel er eiskalt und wütend über Ayid her:

»Was für einen verdammten Dreck hast du dir da geleistet!«

»Trainer . . . ich . . .«, stammelte Ayid, wie aus allen Wolken gefallen.

»Halt's Maul. Du widerst mich an. Vierter! Wenigstens Zweiter hättest du werden müssen!«

»Z-zweiter? Mr. Corcoran, ich bin doch kein . . .«

»Komm mir nicht wieder mit deinem ›isch bien kein Sprienter‹-Gewäsch, Hafouz! Wenn du 26:42 laufen konntest, hättest du auch 26:40 schaffen können, zum Teufel! Scheiß-Zweihundertstel! Du hast ihn gewinnen *lassen,* diese rothaarige Tunte!«

»Ich habe mein Bestes getan, Sir!« Ayid fühlte, wie die Schamröte auf seinem Gesicht und den bloßen Schultern brannte. Verlegen schob er die Hände über sein Geschlecht. Er verwünschte seine Scheu, seine Unfähigkeit, frei herauszureden. Dieser große rotgesichtige Yankee, dieser Ungläubige — am liebsten hätte er ...

»Du bist langsam von Begriff, was? Am Ende glaubst du dieses Gesabber von Freundschaft, das sie dir da am Ziel vorgemacht haben. Ich hab's gesehen. Das war das Psycho-Rennen für dich und Laol. Mit diesem Sieg hat er die Herrschaft über dich gewonnen.« Corcorans Zorn schien langsam zu verrauchen, aber sein Ausdruck war noch immer böse. »Wollen mußt du, wollen! Damit gewinnt man Langstreckenrennen. Und du hast ihm den Vorteil auf dem Servierteller überbracht.«

Er drehte sich um und schaute hinauf zu den jetzt fast völlig geleerten Reihen. »Sie freuen sich, weil Southren gewann. Ein Mensch wurde Erster. Großartig! Aber das ist nur eines von drei Rennen; und mit Dheliern auf dem zweiten und dritten Platz — und Kwarafa völlig ausgefallen — *führen sie in der Gesamtwertung.«*

Ayid nickte schweigend. Jetzt verstand er. Er hatte versagt. Hatte er wirklich seine beste Leistung erbracht? Hatte die Warnung des Afrikaners nicht doch eine Wirkung gehabt, wenn auch unterbewußt? Hatte er nicht etwas zurückgehalten, das Siegen den Sprintern überlassen, sich für die anstrengenden Prüfungen der letzten beiden Rennen geschont? »Es tut mir leid, Trainer«, sagte er unterwürfig.

»Hier ist dein Programm für heute nachmittag.« Corcoran riß eine Seite aus seinem Notizbuch und übergab sie Ayid, ohne ihn anzusehen oder seine Entschuldigung anzunehmen. »Um fünf bist du fertig. Leichtes Abendessen, Klasse fünf, kohlehydratreich. Um sieben sieht das Team Holo-Aufzeichnungen im Mannschaftsraum. Bettruhe um neun.«

»Jawohl, Sir«, sagte Ayid unglücklich. Corcoran starrte ihn kurz an, drehte sich um und ging mit raschen Schritten.

»Nein, ein gutes Rennen war es nicht«, sagte die blasse Frau, während sie ihr Glas mit dem Rand gegen die Zähne klopfte. Sie nahm einen Schluck von der lilafarbenen Flüssigkeit und stellte es wieder auf den Tisch. Kühl maßen blaue skandinavische Augen Corcoran und die anderen. »Wenn wir uns alle zusammennehmen, kann die Situation noch gerettet werden. Es sind noch zwei Rennen vor uns.«

Die blasse Frau, der amerikanische Trainer und zwei andere Männer saßen im Schummerlicht einer Nachtbar im Hafen Olympias. Es war sehr spät, nach Mitternacht, und um sie drängten sich terranische Schlachtenbummler in auffälligen Kleidern, besprachen die Rennen, die Abendunterhaltung, die eigenartigen dhelischen Getränke, Southrens Sieg. An allen Tischen gab es Fröhlichkeit, Trinksprüche und Gelächter, außer bei ihnen. Hier waren die Gesichter ernst, und obwohl vor jedem ein Glas stand, blieb die Hochstimmung aus.

Während sie sprach, sah sich Corcoran die anderen Männer an: Clyde Matthews, der ehemalige Hürdenläufer, der Southren trainierte und vertrat, und ein besonders großer, wortkarger Masai namens i-Zalai. Er war Panafrikaner. Die blasse Frau mit dem blauen Band der UNO-Kommission für Mediale Beziehungen und die drei Männer waren die Delegierten der Erde auf Olympia. Corcoran nahm einen großen Schluck eisgekühlter Milch und schaute zurück zu der Frau, als Matthews sie fragte: »Sie meinen immer noch, daß man den Sportlern selbst nichts sagen sollte?«

»Nein.« Eine harte Stimme mit schwedischem Akzent. »Junge Leute gehen schnell Beziehungen ein, sie vertrauen bald. Es könnte leicht zu einer Garderobe-Freundschaft mit einem Dhelier kommen. Und bis jetzt sind wir sicher, daß die Dhelier nichts von einer Verwandtschaft wissen. So soll es vorerst auch bleiben.«

»Wurde das mit dem Schiff bestätigt?« fragte Corcoran.

»Ja. Die Ausgrabungen sind beendet. Es war ein primitives Raumschiff im Vergleich zur heutigen Technik, aber es ist eindeutig dhelisch.

Wir sind die Nachkommen einer gestrandeten dhelischen Expedition.«

Der große Masai seufzte wortlos.

»Das ist verdammt schön«, sagte Matthews. »Das kann all die unguten Gefühle auslöschen. Menschen und Dhelis, Brüder unter der Haut. Wann werden sie es bekanntgeben?«

»Das hängt von Ihnen ab, meine Herren, und von den Burschen natürlich.«

»Warum nicht gleich?«

»Das können wir nicht. Zu viele Terraner hassen Außerirdische. ›Xenos‹ nennen sie sie jetzt. Wir haben Psycho-Befragungen gemacht. Wir glauben, daß die Leute mit diesem Vorurteil die Wahrheit einfach ablehnen würden und das mit ihrer Stimme gegen einen Eintritt in den Weltenverbund bei den Wahlen nächstes Jahr zum Ausdruck bringen könnten.«

»Aber mit diesen neuen Tatsachen . . .«

»Warten Sie, es gibt da noch ein Problem: die Dhelier. Sie kennen ihre Eigenheiten — Stolz, Abneigung gegen das, was sie rücksichtslosen menschlichen Ehrgeiz nennen, unsere Überschätzung der Technik, unser allgemeines Zurückgebliebensein und daß wir zuwenig ›Dalanai‹ besitzen — ihre Auffassung von Ehre und Moral . . .«

»Davon habe ich nicht sehr viel bemerkt«, sagte Matthews.

»Sie haben mit Sport zu tun. Unsere Tradition des Fair Play ist in gewissem Grad mit ihrem Ideengut vereinbar. Aber unsere Geschäftsleute, Wissenschaftler, Politiker . . . es hat Differenzen gegeben, meine Herren, man hat sie vertuscht, aber glauben Sie mir, es gibt sie.«

»Und damit könnte die ganze Sache platzen.«

»Aber wenn wir tatsächlich Dhelier sind . . .«

»So einfach ist es nicht, Mr. Matthews. Fünf Millionen Jahre auf der Erde haben dem Urgeschlecht einiges angetan, und ich hege den starken Verdacht, daß die Dhelis sich in dieser Zeitspanne auch verändert haben — etwa die Verschmelzung der Geschlechter, als sie die außerkörperliche Vermehrung einführten, während wir bei dem alten System blieben. Die paar hundert Leute in dem Raumschiff waren nur der Ausgangspunkt. Mit der Zeit und ihrer Rückkehr zur Natur entstanden — durch die Isolation und die starke Ausbreitung — verschiedene Rassen; wir nannten sie Australopithecus erectus neanderthalensis. Homo sapiens war der Zweig, der überlebte, aber Dhelier sind wir keine mehr. Für sie sind wir zur Zeit eine andere, ziemlich minderwertige Rasse. Vielleicht wäre es am besten, dabei zu bleiben.«

»Warum?« fragte Corcoran.

»Weil es nur eine Alternative gibt, wie die Dinge heute stehen — nämlich als Degenerierte zu gelten. Die Kümmerlinge des Weltraums, mit denen es nur mehr abwärtsgehen kann, das Resultat von Isolation, Inzucht und Abnormität, wie es im Buche steht. Welche Version, meinen Sie, würde von den Zentralwelten besser aufgenommen werden? Welche wäre den Leuten von Terra lieber?«

Mit dieser Erklärung schien Corcoran alles klar, und er nickte beeindruckt. »Ja, das sehe ich ein. Okay. Aber warum haben sie es uns dann gesagt? Ich wäre genauso zufrieden gewesen, ohne es zu wissen.«

»Jetzt kommen wir zum Wichtigsten.« Sie sah sich unauffällig in dem lärmerfüllten Raum um. Lauter Gesang von Betrunkenen an der Bar zwang die Männer, sich vorzubeugen, um die Frau zu hören. »Diese Spiele. Sport ist ein besonders wichtiger Aspekt der dhelischen Kultur. Die Medialen werden auf allen dhelischen Planeten übertragen — und die Rennen sind unter allen Bewerben bei weitem die populärsten. Sie stellen sozusagen eine Summierung ihrer Werte dar: Individualität, Fair Play, natürliches Talent, Mut — und *Dalanai.* Tseil Laol Laia ist für jeden einzelnen Dhelier ein Held. Wenn er von einem Menschen besiegt werden könnte, würde unser Ansehen in ihren Augen einen ungeheuren Sprung nach oben machen. Wir könnten von Minderwertigen zu Gleichen aufsteigen, zumindest in physischer Hinsicht. Wenn wir sie mit der Zeit auch in anderen Bereichen beeindrucken können, mit Kunst oder Wissenschaft, vielleicht können wir dann eines Tages die Entdeckung des Raumschiffes enthüllen.«

Sie sah die Männer prüfend an. Lautes Geschrei kam von der Bar, dann das Klirren von brechendem Glas. »Und wenn wir das schaffen und als dhelische Gattung anerkannt werden . . .«

»Dann erben wir«, sagte Matthews leise.

»Genau.« Mit einer nachdrücklichen Geste klopfte sie an ihr leeres Glas. »Wir erben — mit unseren Vettern — die Vorherrschaft in der Galaxis.«

»Und wenn wir bei diesen Spielen verlieren?« Zum erstenmal mischte sich der Masai in das Gespräch.

». . . bleiben wir, was wir sind: die Hinterwäldler.« Sie sah ihm direkt ins Gesicht. »Eine Möglichkeit, die die panafrikanische Regierung bedauern würde, i-Zalai, oder nicht?«

Aber der Masai hüllte sich wieder in sein Schweigen, gab nur ihren festen Blick zurück, während das betrunkene Gegröle in dem dunklen Raum um sie herum wieder anschwoll.

Eins, zwei, drei, vier.

Eins, zwei, drei, vier.

Am Rücken liegend, auf dem kurzen, stacheligen Gras Olympias, studierte Ayid den Himmel. Die Wade an den Schenkel gepreßt, zwang er sein linkes Knie immer wieder hinunter, streckte und lockerte die Lende und den Oberschenkel vierzigmal, bis der Schmerz nachließ und die Bewegung geschmeidig wurde und ablief wie eine gut geölte Maschine. Dann das andere Bein — mit etwas mehr Vorsicht wegen des empfindlichen Knies.

Eins, zwei, drei, vier.

Wie eine Feder stand er auf und begann zu springen. Es war gut zu fühlen, wie straff seine Beine waren, von den schmalen Knöcheln bis zu den langen harten Waden. An Nacken, Handgelenken und Füßen, wo seine dunkle Haut aus dem Trainingsanzug herausschaute, glänzte der Schweiß. »Kniebeugen jetzt«, sagte Po-xiang, ein Brett, auf dem der Tagesablauf angeklammert war, in der Hand. Ayid wippte auf und nieder. »Langsam«, sagte der Co-Trainer. »Das ist keine Schulgymnastik. Du mußt dich strecken. Mach die Übung langsam und konzentrier dich auf die Muskeln. Fühl, wie das Blut in die Muskeln fließt, stell sie dir warm vor.«

»Wie sieht es aus, Wang?«

Ayid machte seine Kniebeugen weiter, wollte seinem Trainer nicht ins Gesicht schauen. Er hatte noch vom Vortag ein schlechtes Gewissen und war entschlossen, sich heute zu rehabilitieren.

»Gut, Jerry. Er nahm gestern abend fünftausend Kalorien zu sich und ausgeglichene zweitausend heute morgen.«

»Proben?«

»Vor einer halben Stunde. CPK wieder normal. Harneiweiß etwas erhöht, aber im normalen Bereich. BUN normal gesenkt, Elektrolyte durchwegs ausbalanciert. Sympathica: Epinephrine ganz oben, Norepinephrine ebenso, ACTH und A-Steroide normal. Kirlian heiß und rot.«

»Der Zucker macht mir Sorgen.«

»Eins-fünf-und-dreißig.«

»Gut. Wird's mit dem Wasser Schwierigkeiten geben?«

»Ich glaube nicht. Nicht bei dreizehneinhalb Kilometern«, sagte Po-xiang. »Er hat zwanzig Prozent Überschuß. Bei dieser Lufttemperatur dürfte er am Ziel nicht weniger als minus fünf haben.« Er blätterte an dem Brett mit den Klammern und hielt Corcoran ein Computerdiagramm hin. Der folgte der Kurve mit dem Finger, murmelte etwas und, nachdem er das Brett zurückgegeben hatte, wandte er sich Ayid zu.

»Hafouz«, sagte er.

»Jawohl, Sir?«

»Mach weiter — ich will dich geschmeidig wie eine heiße Schlange. Hafouz, mit deinem physischen Zustand bin ich zufrieden. Wir haben sechs Spezialisten, die dich hier überwachen, und weitere zu Hause in Colorado. Sie berichten mir alle, daß du körperlich in der besten Verfassung bist, die du ohne Gefahr halten kannst. Ich mache mir um etwas anderes Sorgen.«

»Beine hoch«, murmelte Po-xiang. Ayid richtete sich auf und begann seine langen Beine hochzuschwingen.

»Ich rede von deinem Verstand«, sagte Corcoran, »von deinem Willen. Von deiner geistigen Vorbereitung auf dieses Rennen. Bist du diesmal entschlossen zu gewinnen, Ayid? Oder gibt es irgendeinen Vorbehalt, von dem ich wissen sollte?«

»Ich ... ich bin entschlossen zu siegen, ja, Sir«, antwortete Ayid.

»Warum hast du dann heute morgen das Zusatzmittel abgelehnt?«

»Mr. Corcoran, ich will ja gewinnen. Aber die M'zab ... mein Volk glaubt, daß Allah jede Form von Trunkenheit verabscheut. Sie wünschen, daß ich diese Drogen nehme, aber ... der Malakiter Glaubensorden hat den Koran so interpretiert, daß ...«

»Bitte, entschuldigen Sie mich«, sagte der Co-Trainer. »Ich gehe hinein. Ayid, vierzig Minuten bis zum Start. Mach eine Runde, wenn du magst, aber sei im Umkleideraum, wenn sie die zwanzig Minuten ausrufen.« Damit ging er und ließ Ayid und Corcoran allein mitten auf dem Feld.

Corcoran schaute um sich und zu den Sitzreihen. Sie waren schon jetzt fast voll belegt. »Das habe ich dich schon einmal sagen hören«, drang er leise in ihn. »Ich respektiere deinen Glauben, Kleiner, aber es sind *keine* solchen Drogen, von denen man einen Rausch bekommt, wie deine Glaubensväter anzunehmen scheinen. Nicht das Zeug von heute morgen. Und du weißt auch, daß jede Droge, jeder Zusatz mit den medialen Regeln vereinbar ist — weil man unter sechzig Rassen einen unfairen Vorteil nicht feststellen kann.«

»Gebrauchen die Dhelier diese ›Zusätze‹, Trainer?«

»Ach, wahrscheinlich nicht«, sagte Corcoran. »Sie sind solche Naturfanatiker, was ihren Rennsport anbelangt, sie haben das Wichtigste aus den Augen verloren — nämlich Gewinnen. Zum Kuckuck, Bursche, siehst du nicht ein, daß es dumm ist, ein Schlupfloch nicht auszunützen, wenn der Einsatz so hoch ist?«

»Einsatz, Sir?«

»Ach, mein Gott. Ich meine, Terra hat Millionen ausgegeben,

um dich zu trainieren und herzubringen. Du hast natürlich das Recht, etwas abzulehnen, das dir gefährlich erscheint. Aber verstehst du nicht, daß du es der Erde schuldest, alles ... *alles* auszunützen, was den Unterschied ausmachen könnte zwischen Gewinnen und Verlieren? Das ist die realistische Haltung, die man einnehmen muß.«

Ayid schaute hinunter auf seine nackten Füße. Er fühlte sich wie in zwei Hälften zerrissen. Er konnte Corcorans Ansicht verstehen, und er wollte wirklich ernstlich gewinnen. Warum sollte er nicht? Aber so etwas zu nehmen ... »Ich weiß nicht, Sir«, sagte er unglücklich. »Ich ... ich nütze nicht gerne einen Vorteil aus ...«

Corcoran starrte ihn an, dann schüttelte er den Kopf. »Dich begreife ich nicht, Hafouz. Jeder amerikanische Junge hätte das im Nu verstanden. Na ja.« Er schaute auf seine Uhr. »Mach eine Runde. In zehn Minuten im Umkleideraum!«

Als der Trainer ging, blieb Ayid etliche Sekunden stehen, die Augen auf den Boden geheftet, dann erinnerte er sich an die Zeit und sah zum Himmel. Die Sonne, kaum größer als ein Stern, aber von intensiv bläulich strahlendem Licht, mußte, so schätzte er, fast im Zenit stehen. Es wäre unmöglich gewesen, die fünf täglichen Gebete mit seiner Heimat abzustimmen, und so hatte er einfach das Aufgehen, Wandern und Untergehen dieser eigenartigen Sonne beobachtet und seine Gebete nach ihr eingeteilt. Allah war schließlich überall. Er kniete nieder und wendete sein Gesicht dem Osten zu.

Wenige Minuten später erhob er sich, lief zwei Runden und schwenkte leichtfüßig aus der Bahn, als die Zwanzig-Minuten-Ansage aus den Lautsprechern ertönte. Während er im Laufschritt hineinlief zu den Umkleideräumen, begegnete er Aia Maior Laia, dem Dheli, der am Tag zuvor Zweiter geworden war. Bevor er es bedenken konnte, hob er seine Hand zu einem flüchtigen Läufergruß. Der Dheli, nackt wie immer, lächelte ein wenig und winkte zurück. Verlegen lief Ayid an ihm vorbei. Hätte ich das tun sollen? überlegte er.

Etwas schien ihm anders als sonst, als er die Türe zum Umkleideraum der terranischen Mannschaft öffnete. Southren und Kwarafa waren bereits da, arbeiteten mühelos an zwei Aktivatoren. Ihre Trainingsanzüge waren unter den Achseln und um die Taille dunkel von Schweiß.

Corcoran und die anderen Trainer, die Ayid flüchtig kannte, schauten auf von dem Tisch, um den sie saßen. Po-xiang — sein Ausdruck undurchsichtig wie immer — nickte ihm von seinem Platz zu. »Gut, daß du da bist«, sagte Corcoran nicht unfreundlich. »Wie fühlst du dich, Junge?«

Plötzlich fühlte er sich großartig. Von seinen Lungen kam eine Welle von Energie, ein Gefühl voll Lebenskraft, so daß er am liebsten aufgesprungen wäre bis zur Decke. »Ich fühle mich sehr gut«, sagte er breit grinsend.

»Dann nichts wie an den Aktivator. Er ist auf dreißig Prozent eingestellt. Gerade genug, um dich warm zu halten.«

Ayid stieg in den Aktivator, einen spinnenartigen Rahmen aus Rohrverstrebungen, Steigbügeln und kleinen Servoeinrichtungen. Po-xiang fixierte die Riemen und kontrollierte die Einstellung, so daß seine Beine, Arme und die untere Körperhälfte sanft durchgearbeitet wurden, während er gegen mäßigen Widerstand in die Pedale trat.

Wieso fühle ich mich so prächtig? fragte er sich. Ein Gefühl der Leichtigkeit und Freude verstärkte sich von einer Sekunde zur nächsten. Es war, als koste er vom Paradies, das der Prophet verheißen hatte — ein Gedanke, der ihn manchmal auf der Aschenbahn überkam, eine unerwartete und allgegenwärtige Freude mitten in den sich schleppenden Kilometern. Aber abseits der Bahn hatte er das noch niemals erlebt. Seine Nervosität verebbte, verflüchtigte sich, während er die warme Luft in dem Raum in tiefen Zügen einatmete.

»Also, hört zu«, begann Corcoran. »Nach dem ersten Lauf sind wir um vier Punkte zurück. Das ist nicht so viel, daß wir nicht in diesem Rennen aufholen und weiter zum Sieg vorrücken könnten.

Terry, Ayid — das ist euer Lauf. Besonders deiner, Southren.

Die 5000 Normen sind nur dreieinhalb Kilometer länger als die 10000 Meter, die ihr bei olympischen Spielen auf der Erde gewonnen habt. Merkt euch jetzt, daß wir euch sehr schnell vorn haben wollen. Ich glaube, das haben wir gestern gelernt — wenn wir Maior oder Tseil Laol vor uns haben, können wir nicht damit rechnen, die Führung zurückzugewinnen.«

Ayid nickte, und sein Kopf baumelte hin und her, als die Maschine zu rucken begann, um seinen Rumpf und sein Zwerchfell zu lockern. Er kam sich dumm vor und hätte beinahe gelacht.

»Um euch beim Einteilen des Tempos zu helfen, werden wir euch die jeweiligen Zeiten über die Trainer-Läufer-Verbindung durchgeben. Auf dieser Bahn sind 5000 Normen zehn volle Runden. Zielen wir auf unter drei Minuten, sechsunddreißig Sekunden pro Runde. Das wird schwierig, aber ihr seid die Besten, die unsere alte Erde hat.«

»Zu wahr«, sagte Matthews und klopfte auf den Tisch. Der Masai schwieg.

»Wenn ihr drei-sechsunddreißig pro Runde durchhaltet, kommt ihr auf eine Gesamtzeit von sechsunddreißig Minuten. Wir haben die dhelischen Rekorde durchgesehen — das wäre eine verdammt gute Zeit. Weder Tseil Laol noch Aia Maior haben das geschafft, obwohl Laol nahe dran war. Vielleicht könnt ihr es auch nicht. Aber es wäre schön, wenn es euch gelänge. Dann steigen wir hier nicht nur mit einem Sieg, sondern mit einem neuen Rekord ein.«

»So.« Corcoran musterte die drei Läufer. »Ihr habt alle Testergebnis 4,0, ihr seid vollgetankt mit Wasser und Zucker, eure Körperfunktionen wurden kontrolliert, und ihr habt alle Zusatzmittel bekommen — außer natürlich Hafouz.« Er sah Ayid fragend an.

»Nein danke, Sir. Ich fühl mich . . . großartig . . . auch ohne.«

»Na schön.« Ein Bild flimmerte tonlos über den Bildschirm des Hologeräts nahe der Decke. »Da ist das Signal . . . nichts wie hinaus mit uns — und gewinnen!« Die Läufer eilten aus den Aktivatoren und drängten zur Tür. Corcoran atmete auf und sah ihnen nach.

Es hängt so viel von ihnen ab, dachte er, so viel. Ob es ihnen helfen würde, zu wissen, was ein Sieg bedeutet?

Aber er hatte nicht die Erlaubnis, es ihnen zu sagen. Er stand auf.

»Okay«, sagte er zu Matthews und dem undurchsichtigen Panafrikaner. »Gehen wir unsere Plätze einnehmen. Wang, diesen Raum müssen wir ordentlich lüften, bevor irgend so ein Dummkopf hier raucht und sich in die Luft jagt.«

Wenigstens haben wir ihn mit Sauerstoff vollgepumpt, dachte Corcoran, während er mit dem Aufzug zu den obersten Rängen fuhr. Das könnte ein wenig helfen. Wenn es auch weit mehr helfen würde, wenn er von diesem ganzen antiquierten Blödsinn frei wäre. Aberglauben und Rituale, die die modernen Panaraber seit beinahe einem Jahrhundert abgelegt hatten.

Er ging vorbei an den Journalisten und Holo-Leuten in die plötzlich stille Atmosphäre des schalldichten Raums, von dem aus die Trainer, Funktionäre und akkreditierten Holo-Kommentatoren die Bahn aus zweihundert Meter Höhe überschauen konnten. Er blieb am Fenster stehen und sah den Hügel hinunter. Unter ihm und zur Rechten war die Masse der Menschen wie eine farbenprächtige Decke über die Hügel ausgebreitet. Zu seiner Linken saßen die Dhelis, unbekleidet und daher weniger bunt als die Terraner, aber ebenso zahlreich. Über ihnen allen strahlte grell die blaue, heiße Sonne. Auch heute war wieder keine Wolke am Himmel. Corcoran erinnerte sich, irgendwo gelesen zu haben, daß Olympia ein zurecht getrimmter Planet war, den man zu diesem Stern transferiert hatte, von einem System, das durch die Unbeständigkeit seiner eigenen Sonne zum Untergang verurteilt war. Ob die Dhelier wohl die Wolken in ihrem großartigen Entwurf ausließen? dachte er müßig.

Schnell ging er zu seinem eigenen Platz, seinem eigenen Schaltpult und setzte sich nieder. Die Uhren, der Rundencomputer, das Telemeter, die Einweg-Sprechanlage, die ihn mit Hafouz verband, alles war bereits eingeschaltet. Er fixierte das Mikrophon mit Klebeband an der Kehle, und als er Ayids schmale Gestalt weit unten auftauchen sah, sprach er mit in die Kehle verlegter Stimme: »He, du! Nick, wenn du mich hören kannst!«

Gleichzeitig drückte er einen Knopf, und in Sekundenschnelle schaltete sich ein Holo-Empfänger ein, die Kamera automatisch auf Hafouz eingestellt. Sein Kopf, zwanzigfach vergrößert, drehte sich, sah nach oben und nickte ein wenig.

»Bewundernswert eingerichtet, Mr. Corcoran.«

Corcoran wandte sich um, um zu sehen, wer ihn unterbrach, lächelte, stand auf und streckte dem anderen die Hand entgegen. »Denda Lai Anyo. Freu mich, Sie zu sehen. Alles fertig für das Rennen?«

»Ich weiß nicht recht — wenn ich das hier sehe . . .« Der Dhelier war größer und schlanker als Corcoran, hatte weich gezeichnete Züge und silberne Strähnen in seinem wallenden goldfarbenen Haar. Corcoran wußte, daß er weit über zweihundert Jahre zählte und in seiner Jugend ein ebenso berühmter Läufer gewesen war wie Tseil Laol. Jetzt war er Trainer wie Corcoran. Laols Trainer. Der Dheli deutete mit dem Kopf zu dem Schaltpult vor dem Amerikaner. »Soviel Technik. Wie wenn man ein Raumschiff lenkt, nicht?«

Corcoran behielt sein Lächeln, obwohl der Dhelier ein verborgenes Gefühl der Abneigung in ihm auslöste. Immer müssen sie lachen über uns, dachte er. Gut, nach diesen Spielen werden wir auch lachen. Weil wir armen, unwissenden, übertechnisierten Menschen mit dem Anachronismus zwischen den Beinen diese Spiele nämlich gewinnen werden. Laut sagte er jedoch nur: »Das weiß ich nicht. Wahrscheinlich gebrauchen Sie keine solchen Apparate.«

»Nein. Ich glaube, wir sehen den Sport anders als Ihre Kultur. Obwohl wir einander in so mancher Hinsicht wohl ähnlicher sein dürften, als man heute annimmt.«

»Möglich«, sagte Corcoran. Will er auf etwas Bestimmtes hinaus? Oder ist das nur das höfliche Gespräch vor dem Rennen, das es zu sein scheint?

»Finden Sie nicht, daß all diese Technik, diese Planung den Bewerbern die . . . Heiterkeit nimmt?«

»Nun, wir sind hier, um zu gewinnen«, versetzte Corcoran, immer noch lächelnd. »Für die ›Heiterkeit‹ zeichnen wir nicht verantwortlich.« — »Ich verstehe.«

»Wenn Sie mich bitte entschuldigen wollen. Das Rennen wird gleich beginnen.«

»Selbstverständlich«, sagte der alte Dheli, auch lächelnd, aber ein wenig traurig. »Ich hoffe, Ihre Methoden erbringen den Erfolg, den Sie sich wünschen.«

»Viel Glück auch Ihnen, Sir.« Corcoran reichte ihm wieder die Hand und drehte sich verärgert zurück zu seinem Schaltpult. Läßt sich herab, der Kerl, der aufgeblasene! dachte er und griff zu seinen Kopfhörern, um den Holo-Sportbericht zu hören.

»Hier ist die Interplanetare UBC-Sportberichterstattung. Es ist 14:28:11 Greenwich-Erdzeit, und Sie erleben jetzt mit, wie sich die Läufer hier auf Olympia für den zweiten Bewerb der Medialen Rennen vorbereiten. Ein Fünftausend-Normen-Rennen — das sind 13 500 Meter. Als Favoriten dieses Bewerbs gelten die Dhelier — auf ihrer Bahn, über ihre Entfernung und mit dem psychologischen Vorteil, mit vier Punkten in Führung zu sein. Unser Sportberichterstatter hat eine Voraussage über den Verlauf dieses Rennens erstellt, die sich auf den körperlichen Zustand und die Zeiten der sechs Läufer stützt . . .«

Der Sender begann auf seine übliche gekünstelte Art zu berichten, die Corcoran immer ärgerte — aus irgendeinem unerfindlichen Grund nannten Holo-Leute so etwas eine ›Plauderei‹ —, aber er schaltete innerlich ab, als er die sechs Läufer ihre Plätze einnehmen sah. Wie alle dhelischen Rennen, begann der 5000-Meter-Lauf auf der langen Geraden der Unendlichbahn, und die erste Kurve war im Uhrzeigersinn. Corcoran war zu weit weg, um das Ritual der Platzzuweisung zu verfolgen, aber er lächelte, als er sah, daß man Ayid für den Start die rechte Bahn gab. Das bedeutete, daß er in der ersten Kurve innen laufen würde, und wer immer die Führung an sich reißen wollte, mußte außen an ihm vorbei. Ein kleiner Vorteil . . . aber Rennen wurden oft mit kleinen Vorteilen gewonnen. Der terranische Berichterstatter sprach wieder, und Corcoran hörte ihn sagen:

». . . Hafouz von der Erde wird am Start durch ein wenig Glück begünstigt, aber später gleichen sich die Dinge wieder aus. Ein Dreizehntausend-Meter-Lauf, der etwa sechsunddreißig Minuten dauert — da kann allerhand passieren. Das Wetter ist heute schön, klar und wolkenlos; die Temperatur frisch, aber angenehm, 10,5°, mit einem Wind von etwa fünf Stundenkilometer auf der Bahn. Es ist ein wunderbarer Tag für ein Rennen.

Die Sportler konzentrieren sich voll auf den Start. Der weiße Strahl, den Sie wenige Zentimeter vor den Läufern sehen, ist der Startstrahl. Wenn er erlischt, hört man es klicken, und das Rennen beginnt. Aus unseren dhelischen Quellen erfahren wir, daß man früher, vor langer Zeit, einen Laserstrahl von hoher Frequenz verwendete. Er wurde als Abschreckung vor Fehlstarts benutzt. Wenn alle Läufer vorbei sind, wird er wieder eingeschaltet und markiert die Runden — immer mit einer anderen Farbe, bis er zum Schluß ein tiefes, pulsierendes Rubinrot annimmt.«

»Fertig, Junge? Laß den Arsch unten, sie haben noch kein Kommando gegeben? Tief atmen. Halt dir eine Sauerstoffreserve, du wirst sie brauchen.« Gerald Corcorans Augen überflogen den Telemeter, der von einem Netz von Mikroverpflanzungen in Hafouz' wichtigsten Muskeln und Arterien gespeist wurde. Die Werte sahen gut aus, zitterten auf einem Niveau, welches, außer der Pulsfrequenz, bei einem normalen Menschen eine Panikreaktion angezeigt hätte, bei einem Langstreckenläufer aber bedeutete, daß er in hohem Maße bereit war, einen bedeutenden Teil seines Körpergewichts in kinetische Energie umzusetzen. Der dünne Algerier war hinsichtlich körperlicher Verfassung, Jugend, Ernährung und physiologischer Bereitschaft auf voller Höhe.

Corcoran hoffte, daß Ayid genauso entschlossen gewinnen wollte wie er, sein Trainer.

»Fertig!«

Klick! Der Strahl ging aus — und Corcoran hob es fast aus seinem Stuhl, als die sechs Läufer losschossen. Kwarafa führte in den ersten fünf Schrittlängen, schien sich dann zu erinnern, daß es diesmal noch weit war, und hielt sich zurück. Corcoran setzte den Zoom seiner Kamera ein: Hafouz bleckte die Zähne, wahrscheinlich war sein Kiefer zu straff, das war Energieverschwendung und würde sich mit der Zeit auch auf Nacken und Rücken auswirken.

»Locker, Kleiner!« gab Corcoran durch.

Ayid suchte die Spannung und fand sie im Nacken und Kiefer. Er lief leicht und fühlte sich wohl. Die erste Kurve war vor ihm, er nahm sie gleichmäßig. Zu seiner Linken war jemand, aber er beschleunigte genügend, um ihn zu entmutigen. Keiner lag vor ihm; er war voll Freude und gleichzeitig vorsichtig, denn es war noch weit, und es konnte noch viel geschehen.

Der Strahl, jetzt ein gebrochenes Weiß, blinkte, als die sechs Läufer ihn durchschnitten: zweite Runde. Die Uhr im Auge, formte Corcoran Wörter in seiner Kehle. »Drei-einundvierzig, Junge. Ein bißchen langsam, aber eine gute erste Runde.« Er sah nach dem Bildschirm. »Du bist zwei Schritt vor Laol. Southren, Maior und Sene Dior befinden sich dicht hinter ihm. Kwarafa ist zurückgeblieben, sieht aus, als ob er froh sein würde, überhaupt ins Ziel zu kommen. Halt das Tempo, steigere, wenn du dich wohlfühlst.«

Wohlfühlen . . . Corcoran biß sich auf die Lippe, während er die winzigen Gestalten verfolgte, die in die Kurve einschwenkten, weit drüben auf der anderen Seite des Tals, vorbei an den dhelischen Rängen. Sein eigener Darm war verkrampft, und seine Hände schwitzten, obwohl sie auf der kühlen Oberfläche des Schaltpults lagen. *Wohlfühlen* . . .

Der erste Kraftausbruch, wußte er, mußte inzwischen vorbei sein. Ayid und die anderen durchliefen jetzt den Punkt, an dem der Körper begreift, was geschieht, und zu rebellieren versucht. Manche seiner Läufer waren der Meinung, dies sei die schwierigste Phase eines Rennens und nicht der Endspurt, oder zumindestens sei dies der Moment, in dem der Gedanke, aufzuhören, einfach langsam stehen zu bleiben, Scheiße zu sagen und für immer aus der Bahn und aus dem Rennsport abzugehen, einem am ehesten kam.

Er versetzte sich zurück in die Zeit, da er selbst bei USC Läufer gewesen war. Laufen, in der vollklimatisierten Halle unter der großen Kuppel in Brown Field. Die Collegeklasse von 2058. Ja, das war lange her. Bevor die Chircurgi gekommen waren und die Dhelier; bevor die Dinge sich so sehr verändert hatten, daß er sich völlig deplaziert vorkam auf der Erde. Die AAU-Meisterschaft, dann der Versuch bei der 60er Olympiade, in Beijing hatte sie damals stattgefunden ... er hatte so sehr gewinnen wollen ...

Eigenartig, dachte er, wie eine Niederlage das ganze Leben formen kann. Vor Beijing hatte er, wie seine Eltern, eine Karriere in der Politik einschlagen wollen. Laufen war nur ein Spiel gewesen. Aber mit dem Bewußtsein seines eigenen Versagens entstand in ihm eine wilde Entschlossenheit. Wenn er schon nicht selbst siegen konnte, würde Gerald Corcoran Sieger hervorbringen. Mit dem einen, einzigen Ziel vor Augen hatte er studiert und gearbeitet, um Klepner aufzubauen; dann Abell, den ›Schwarzen Pfeil‹ aus Richmond, der die Welt des Vor-Kontakts in Erstaunen versetzt hatte mit einem Hundert-Meter-Sprint in 8,9 Sekunden — einem Rekord, der noch Gültigkeit hatte, wahrscheinlich immer haben würde, jetzt, da der terranische Sport sich überall auf dhelische Distanzen und Regeln einstellte.

Corcoran starrte hinunter auf die Bahn, ohne sie wirklich wahrzunehmen. Mit dem interplanetaren Kontakt und der Einladung, an den Medialen Spielen teilzunehmen, war sein Platz entschieden: Corcoran hatte für die USA Sieger produziert, und — so meinte man bei der UNO — er würde sie weiter produzieren, nur jetzt eben für die Erde.

Er wußte, dies würde sein letzter Einsatz sein. Der stechende Schmerz, der ihn damals in Beijing plötzlich dreihundert Yard vor dem Ziel übermannt hatte, kam jetzt oft in der Nacht, wenn er leicht schwitzend dalag. Sie konnten nichts tun, wenn auch manche vage von Verpflanzung sprachen. (Wenn sie sein Gesicht sahen, hörten sie auf. Gerald Corcoran Senior war, blau und verschwollen, mit einem fremden Herzen gestorben, das in seiner zusammengenähten Brust wie eine Bombe getickt hatte.)

Nein, das war sein letzter Kampf, sein letzter und sein größter. Corcoran, Ayid, Terra — *mußten* gewinnen.

Gerald Corcoran fixierte die Bahn, die Augen weit aufgerissen, der Atem schnell und flach.

Sie mußten gewinnen.

»Die dritte Runde — und der Strahl ist gelb. Inoffizielle Zeit für die ersten fünfzehnhundert Normen ist dreiundfünfzig Komma drei Sekunden. Noch sieben Runden vor uns. Es führt Hafouz von Terra, Aia Maior hat sich nicht weit hinter ihm auf die zweite Stelle vorgeschoben und ist im Aufholen. Dhelias Bester, der legendäre Tseil Laol Laia, läuft gleichmäßig ein Kopf-an-Kopf-Rennen um den dritten Platz mit Terry Southren. Die zwei Sprinter, Sene Dior und Kebe Kwarafa, bleiben zurück. Es wird schwer werden für sie, dieses Tempo Runde um Runde aufrechtzuerhalten.

Und es wird immer schwerer.

Sie sehen das zweite Rennen der Medialen Spiele auf Olympia, übertragen von der UBC-Sportberichterstattung. Holo, wie es sein soll, Menschen und Dhelier im erbitterten Kampf um den Fünftausend-Normen-Lauf.

Auf unser spezielles Ersuchen, haben wir den Ob ... ah ... die Obperson des dhelischen Teams hier und heißen ihn im UBC-Holoprogramm willkommen. Sie sind Denda Lai Anyo, Sir?«

»Denda Lai oder Lai genügt. Der letzte Name ist ein beschreibender Ehrentitel, den einzelne Individuen tragen, wenn sie Erfolg errungen haben. Wie bei Tseil Laol — der letzte Teil, ›Laia‹, heißt einfach ›der Läufer‹.«

»Aha. Ich wollte Sie gerade über ... hm ... ihn fragen.«

»Um es Ihnen einfacher zu machen, ›er‹ ist schon gut.«

»Ja, also, Laol *ist* ein großartiger Läufer, wie wir jetzt unten an der Bahn beobachten können.«

(NAHEINSTELLUNG: Laol, weit ausholend, Kopf hoch, bläuliches Licht glänzt um sein schweißtriefendes Gesicht.)

»Wie alt ist er, wo kommt er her? Können Sie uns etwas von seinem Leben erzählen, Sir?«

»Ich spreche gern über seinen Werdegang, nur wird manches vielleicht schwer zu übersetzen sein. Es gibt vieles, wofür Ihre Sprache noch keine Ausdrücke besitzt. Laol ist 1730 Zeitnormen alt, ich glaube, das entspricht etwa 73 Erdjahren. Ist das richtig?« (Dreht sich von der Kamera weg.) 77, sagt mein Assistent. Er fiel mit siebzehn erstmals als Läufer auf.«

»Normen?«

»Nein, natürlich nicht, Jahre.«

»Ich verstehe. Das dhelische Lebensalter ist ein hochinteressantes Thema für uns, aber bleiben wir für den Moment bei Tseil Laol. Er läuft also seit sechzig Jahren Rennen? Faszinierend! Ist er Berufssportler?«

»O nein, wir haben keine Berufssportler.«

»Ach so.« Der Interviewer, bereits leicht verärgert, verstand es, seine Gefühle gut zu kaschieren. »Und was tut er also?«

»Er ist Wissenschaftler.«

»Auf welchem Gebiet?«

»Das ist in Ihrer Sprache schwer auszudrücken. Es ist ein Bereich, der bei Ihnen noch nicht erforscht wurde. Er studiert gewisse Aspekte der Bewegung . . .«

»Physik? Wir wissen ziemlich viel über Fortbewegung.« Die Abneigung des Interviewers ist bereits unverkennbar. »Kineti . . .«

»Sie mißverstehen mich. Es handelt sich um biologische Bewegung und ihr Verhältnis zu dem, was Sie ›Geist‹ oder ›Verstand‹ nennen. Wir studieren gewisse niedere Rassen . . .«

»Wie etwa Menschen?«

»Nein, entschuldigen Sie. Ich meinte Arten, nicht Rassen. Zum Beispiel . . .«

»Würden Sie die Menschen als niedere Rasse bezeichnen?«

»Ich habe den Eindruck, Sie wollen mich mißverstehen. Ich sehe keine Veranlassung, dieses Interview fortzusetzen.«

In der siebten Runde hörte Ayid ein Stampfen rechts hinter ihm. Kurz darauf war Tseil Laol neben ihm, und als sie in die Kurve einliefen, hatte er sich bereits vor ihn geschoben. Schnell und sauber hatte er es gemacht, Ayid hatte nicht einmal Zeit gehabt zu reagieren.

»Die Runde war langsam, Junge. Drei-vierundvierzig. Er forciert gar nicht, er hält nur das Tempo. Bleib ihm einstweilen auf den Fersen.«

Die blecherne Stimme in seinem Ohr brachte ihm Corcoran und die restliche Welt wieder zu Bewußtsein. Drei Minuten vierundvierzig Sekunden! Und er hatte geglaubt, er sei stark gelaufen. Jetzt begriff er, daß er nachgelassen und Laol ihn dadurch überholt hatte. Er hob den Kopf eine Spur höher, fühlte, wie der Wind den Schweiß an seinen Augen vorbei nach hinten blies, und lief schneller, den rothaarigen Dheli knapp vor sich. Sich anzuhängen, war immer leichter; aber später würde er wieder um die Führung kämpfen müssen.

Er ging im Geist jeden Körperteil durch. Linker Fuß im Einschlafen, wie immer vor dem neunten Kilometer. Wird sich später geben. Knie und Beine gut, besser als beim Start. Müde, aber in Ordnung. Die Stunden am Aktivator machten sich bezahlt. Rücken locker, Eingeweide bestens, jetzt da er mitten im Rennen war. Schultern und Kiefer schon wieder verkrampft. Er entspannte sie und holte zu der pumpenden Bewegung mit den Armen aus, um ihren Schwung auf die Schultern zu übertragen und sie mit jedem Schritt zu lockern. Das erhöhte auch sein Tempo, und er kam Laol, jetzt drei Schritt vor ihm, näher.

Lungen soweit gut, aber der Schmerz, tief innen, saß bereits fest. Sein Rennen-Kopfschmerz setzte allmählich ein, aber den ignorierte er. Er schwitzte gut, und bis jetzt war er weder an Schenkeln noch Geschlechtsteilen wundgerieben.

Aber müde wurde er. Siebeneinhalb. Das sind etwa 1400 Meter oder bereits mehr als zehntausend, sagte er sich und rechnete weiter, ohne auf den Lärm der Menge, das Stampfen der Füße und das rauhe Kratzen des Atems zu achten. Die letzte Zeit, die er mir durchgab, war nach der sechsten Runde. 21:56. Das war 6 mal 500, nein, 6 mal 1400, macht 8400 Meter. Okay. Das heißt, ich brauche für tausend zirka zwei Minuten sechsunddreißig Sekunden . . . stimmt das? Jedenfalls war das viel zu langsam. Kein

Wunder, daß Laol ihn passiert hatte. Bevor er noch handeln konnte, wischte der orangene Strahl vorbei — die achte Runde hatte begonnen.

»Besser!« prasselte die Stimme. »Dreiunddreißig-neun. In dieser Runde mußt du Dampf machen. Zieh die Register, Ayid! Überholen wir diesen Schönling!«

Sie erreichten die Kurve. Seine Lungen schmerzten, aber er war bereit zu steigern. Jetzt würde er beschleunigen — um den Dhelier herum! Jetzt!

Aber er konnte nicht. In diesem Augenblick war Maior außen vorgerückt. Die zwei Dhelier hatten ihn in der Zange. Zu dritt stürmten sie vorwärts, wie mit unsichtbaren Streben verbunden. Maior lief nicht an ihm vorbei, sondern blieb an seinem Ellbogen, blockierte jede Möglichkeit, die Führung zu übernehmen.

Tat er es vorsätzlich? Mit dem Schmerz, der sich in seinem Kopf einnistete, konnte er kaum denken.

Auf den terranischen Tribünen war der Teufel los. In den unteren Reihen waren die Leute aufgestanden, schrien, warfen mit Gegenständen. Ganz unten waren einige aufs Feld gelaufen. »Eingekeilt! Sie nehmen ihn in die Zange«, sagte Corcoran, sich am Schaltpult festhaltend. »Die verfluchten . . .! Ayid . . .«

Aber in der Naheinstellung am Bildschirm konnte er sehen, was geschah: wie Ayid den Kopf den Bruchteil einer Sekunde lang zur Seite wendete, wie seine Augen denen Maiors begegneten. Und wie der Dhelier einen Meter zur Seite wich und dem Terraner eine Gasse öffnete. *Wird er sie nutzen können?*

Er konnte. Sogar durch die schalldichten Wände hörte Corcoran, wie das böse Geschrei der Menge in lauten Jubel überging, als der Algerier, mit den Armen rudernd, langsam durch die Lücke vorzog, bis er mit Tseil Laol gleichgezogen hatte. Dann schrie die Menge überrascht auf, als Terry Southren, aus irgendwelchen Tiefen einen Schwall von Energie hervorholend, Aia Maior erreichte, und, nur wenige Zentimeter neben ihm, Schritt um Schritt sein Tempo hielt.

Wieder die Gerade. Sie stampften dahin, hielten ihre Positionen in der nächsten Kurve, dann durchliefen sie den Strahl, diesmal rot aufleuchtend, und schon war es die ...

»Letzte Runde! Laol und Hafouz Kopf an Kopf um den ersten Platz, Maior und Southren einen Schritt dahinter. Kwarafa und Dior sind weit zurückgeblieben; sie haben an Tempo verloren. Und nur mehr knappe 300 Meter zu laufen!« (SCHNITT: vom Sportcomputer zu Großaufnahme der beiden Führenden. Laols Gesicht gelassen, Ayids rot und wild im Kampf um den Sieg.) »Und zweihundert! Da! *Southren bricht aus!* Es sieht aus, als hätte er seine Kraft aufgehoben für einen Sprint bis an den Strahl. Wird er es in der Kurve versuchen? Nein — fällt zurück — *da kommt er!* Das können die anderen Läufer nicht parieren. Laol ist in dieser Kurve innen, Southren außen — das ist Southren, Australien, Weltmeister über 5000 Meter — er geht in die letzte Gerade — die entscheidende — *erreicht Ayid und Maior — zieht vorbei!* Kwarafa und Dior immer noch weit hinten, aber um den fünften Platz kämpfend ...«

»Lauf, lauf, Ayid«, murmelte Corcoran. Er hatte die Übertragung abgestellt, das Reden würde ihn jetzt nur ablenken. Mit weißen Fingern hielt er sich am Pult fest. Er spürte den Schmerz aufsteigen, aber er hatte keine Zeit, nach der Spritze zu greifen, die er immer bei sich trug. Noch ein Rennen, durch dieses eine muß ich ihn noch durchbringen. »Lauf, lauf, lauf! Schaff es. Lauf, Junge, verdammter ...«

»Sie sind in der halben Gerade ...«

Er fühlte keinen Schmerz. Darüber war er hinaus. Sobald das Rennen vorbei war, würde der Schmerz ihn einholen, aber jetzt hatte er keine Zeit dafür. Es gab nur ihn und die Bahn und andere Läufer zu beiden Seiten. Es war egal, wer, er flog dahin. Es wäre egal, selbst wenn er nachher stürbe — wenn er nur den Strahl durchlief, dieses leuchtende, pulsierende Rubinrot, das ihm entgegensauste, während sie wie aneinandergekettet vorwärts fegten.

Corcoran drückte den Standknopf, und das Bild war bewegungslos in seinem Kasten festgehalten.

»RESULTATE 5000-NORMEN-LAUF«, sagte der Lautsprecher. Es folgte eine Pause. Die Menge war unruhig, aber im großen und ganzen leise, und wartete. Die Lautsprecher knisterten zweimal, als hätte man sie ausgeschaltet, dann ging es weiter:

»DER SCHIEDSRICHTER ENTSCHEIDET: ERSTER PLATZ: AIA MAIOR LAIA, MIT EINER ZEIT VON 36 MINUTEN 16,02 SEKUNDEN. ZWEITER PLATZ: TERRY SOUTHREN, 36 MINUTEN 17,24 SEKUNDEN. DEN DRITTEN PLATZ TEILEN SICH: TSEIL LAOL LAIA UND AYID HAFOUZ MIT 36 MINUTEN 19,55 SEKUNDEN. VIERTER PLATZ: KEBE KWARAFA, 37 MINUTEN 2,3 SEKUNDEN. FÜNFTER PLATZ: SENE DIOR, 37 MINUTEN 11,99 SEKUNDEN.«

»Sie hörten soeben die Ergebnisse des 5000-Normen-Laufs.« Die von Beruf permanent aufgeregte Stimme des UBC-Ansagers posaunte es hinaus unter die Sterne. »Es steht eins zu eins zwischen Dhelis und Erdenmenschen.

Aber ein Rennen, das längste, ist noch zu laufen.«

Ohne Übergang war die Dunkelheit hereingebrochen. Angenehm satt von der kohlehydratreichen Mahlzeit, die Po-xiang ihm gekocht hatte, spazierte Ayid allein durch die Nacht mit ihren fremden Geräuschen. In der Finsternis der jetzt verlassenen Hügel tickten Tausende ... Insekten? Hinter den Hügeln, im Osten, schwebte der rötliche Widerschein der Hafenlichter. Vor ihm, über der Laufbahn, hing, wie brennend, ein einziger rötlichweißer Ball am Himmel. Im Hintergrund konnte er die erleuchteten Fenster des kleinen Gebäudes sehen, in dem die terranischen Sportler schliefen.

Er blieb auf dem weichen, gekämmten Gras stehen, roch Zimt und schaute hinauf. Die Sterne waren anders hier, viel dichter als in Jarzhireh. Die Nacht sah anders aus, roch anders, klang sogar anders als irdische Nächte. Plötzlich hatte er Heimweh nach der stillen Wüste seiner Heimat.

Während er so stand, wurde ihm langsam bewußt, daß ihn jemand beobachtete. Sein Blick senkte sich von den Sternen und blieb an einem dunklen Fleck neben der Laufbahn hängen, wo die eigenartigen olympischen Insekten still waren.

»Wer ist dort?«

»Ayid?« Die Stimme war ihm geläufig, aber er erkannte sie nicht gleich.

»Ja, wer bist du?«

Vage konnte er jetzt gegen die dunklen Hügel eine menschliche Gestalt ausmachen. Sie wurde größer. Plötzlich wäre Ayid am liebsten davongelaufen. Ob es Grund dazu gab? Aber er war ein M'zab.

»Issalaamu alleichum«, sagte der Schatten.

»Friede sei mit dir, die Gnade Allahs und sein Segen«, antwortete er automatisch auf arabisch. Er sah überrascht drein, als aus dem dunklen Flecken die gedrungene Gestalt des panafrikanischen Sprinters erkennbar wurde.

»Kebe, was machst du hier in der Dunkelheit?«

»Ein spätes Abendessen. Und du?«

»Das gleiche.«

Kwarafa streckte vorsichtig ein Bein aus und zuckte, als er versuchte, es hochzuziehen.

»Alles wund. Diese langen Rennen sind nichts für mich.«

»Das wird übermorgen noch viel länger. Allah sei Dank, daß sie uns einen Tag zum Ausruhen lassen.«

»Das ist wahr . . . Wollen wir ein wenig reden, Ayid, du und ich?«

»Reden? Warum nicht. Gehen wir doch hinein in die . . .«

»Nein, nicht in die Zimmer und auch nicht in die Garderoben. Du und ich, wir sind doch Afrikaner. Setzen wir uns hier ins Gras, unter den Himmel.«

Afrikaner? Ayid versuchte ihm ins Gesicht zu sehen, das die Nacht verhüllte. Ja, sie waren tatsächlich vom gleichen Kontinent. Aber er hatte nicht gewußt, daß Kebe gläubig war. So weit von der Heimat, mußte das einen Unterschied machen. »Gut«, sagte er.

Sie hockten sich in das kühle Gras unter die Sterne. Es entstand eine Pause.

»Wovon wolltest du sprechen?« fragte Ayid.

Er hörte Kwarafa mit den Fingern am Boden herumkratzen.

»Ayid, Bruder. Es ist schwer für mich zu sagen, was mir am Herzen liegt.«

Sein Arabisch ist gut, dachte Ayid. Klassisch. Die Sprache, welche die wandernden Marabut vor langer Zeit nach Westafrika brachten. »Wenn es schwer ist, sagen meine Stammesleute, soll man sofort heraus damit. Dann liegt es offen, damit alle es verstehen und urteilen können, ob es recht ist.«

»Aber vielleicht sehen nicht alle die Wahrheit. Oder können sie nicht verstehen.«

»Was ist das für eine Wahrheit, deren Offenbarung so heikel ist?«

Über seine Neugierde hinaus entdeckte Ayid, welche ehrliche Freude es ihm bereitete, wieder Arabisch zu sprechen. »Nun sag schon, Kebe!«

»Daß du übermorgen nicht gewinnen darfst. So — jetzt ist es draußen. So kurz und schnell, wie du gemeint hast.«

Ayid kam alles unwirklich vor. Die Nacht versteckte das Gesicht des Mannes vor ihm, aber nicht seinen Ton, und der ließ erkennen, daß er nicht scherzte.

»Ja, das war kurz und ohne Umschweife. Aber ich verstehe es nicht. Warum soll ich nicht gewinnen?«

»Es geht um das Wohl unserer Völker.«

»Der Panafrikaner?«

»Aller Menschen.«

»Was du da sagst, gefällt mir nicht«, meinte Ayid.

»Bleib sitzen, Bruder, ich will es erklären. Ich weiß, daß ich viel verlange. Ich bin auch Läufer, wenngleich kein so guter wie du. Aber bleib still sitzen, hör mir zu, und ich will es dir erklären.«

»Gut, ich höre.«

»Erstens«, behauptete Kwarafa, »darfst du nicht gewinnen, weil du damit die ›Djinn‹ böse machen würdest.«

»Die ›Djinn‹?«

»Teufel! Du mußt sie doch auch so sehen, oder nicht?«

»Die Dhelis? Ich glaube nicht, daß sie Teufel sind. Sie sind anders als wir, aber wenn man das einmal akzeptiert hat, sieht man, daß sie keine ›Djinn‹ sind. Und warum sollten sie böse werden?«

»Weil sie stolz sind. Es wäre unerträglich für sie, hier in ihrem populärsten Sport gegen uns zu verlieren, und das bei dem ersten Treffen mit uns.«

»Das glaube ich nicht. Aber fahr fort.«

»Zweitens darfst du nicht gewinnen, weil die Menschen dann glauben würden, sie wären den Dhelis ebenbürtig.«

»Warum sollte das schlecht sein? Jetzt kommen sie sich minderwertig vor.«

»Ja, und das soll auch so bleiben.«

»Du überraschst mich«, sagte Ayid. »Meinst du, die Menschen seien weniger wert als . . .«

»Nein, nein«, versetzte Kwarafa entsetzt. »Das glaub ich nicht. Wir sind anders, aber genausogut.«

»Dann verstehe ich nicht, warum es für uns schlecht sein sollte, uns auch gleichwertig zu fühlen.«

»Wegen des dritten Grundes. Den *mußt* du verstehen, weil er der wichtigste ist. Du darfst nicht gewinnen, weil die Erde sich der Zentral-Welten nicht anschließen darf.«

Bis dahin war Ayid überrascht gewesen, aber jetzt war er sprachlos. Nicht den Zentral-Welten beitreten? Dieser losen, glorreichen Föderation der Raumfahrt-Rassen nicht beitreten? Sich nicht vereinigen mit den götterähnlichen Dhelis, den listigen, aber klugen Chircurgi und den noch viel exotischeren Rassen, von denen die Terraner bislang nur gehört hatten. »Warum nicht?« fragte er erstaunt.

Der andere scharrte wieder am Boden herum. »Ich hatte gehofft, daß ich das *dir* nicht erklären müßte«, murmelte er. »Auch dein Volk sah die Weißen vor zwei Jahrhunderten kommen. Mit ihren Gewehren und Religionen und später mit ihren Straßen und Maschinen, mit ihren Medikamenten und ihrer Politik. Und wie lange brauchte dein Volk, um zu sich zurückzufinden?«

»Das ist nicht das gleiche. Die Dhelis sind keine Kolonialisten.«

»Nicht ganz. Unser Land wollen sie nicht. Aber das ist es nicht, was wir Panafrikaner fürchten, Ayid. Die Zivilisation auf der Erde war an einem Wendepunkt, verstehst du? Noch ein Jahrhundert, und wir hätten die Sterne selbst erreicht, ohne die Chircurgi. Statt dessen hat man uns die Raumfahrt geschenkt — nein, ärger, als Tauschgeschäft gegeben; billige bunte Glasperlen für unser Gold und Elfenbein. Siehst du nicht, daß sie uns wie Wilde einschätzen?«

»Daran waren die Dhelis nicht schuld.«

»Haben sie gegen das Unrecht etwas unternommen? Nein, also haben sie daran teil. Und jetzt geschieht Ärgeres. Dich haben sie zum Training isoliert — die Amerikaner. Aber wir Panafrikaner, wir wissen, worauf wir achten müssen. Die Dhelier versuchen, uns neue Wissenschaften, neue Technologien, neue Philosophien und soziale Systeme zu geben, die den unseren so weit voraus sind, daß sie uns wie Zauberei vorkommen, wie Holos einem Wilden. Wir verstehen nicht, wie sie funktionieren, und wir können uns ihnen nicht anpassen.

Was ist die Konsequenz? Ein Kulturschock. Wir verlieren unser Selbstvertrauen. Weißt du, wie hoch die Selbstmordrate unter Wissenschaftlern jetzt ist? Unter Priestern und Psychologen? Es ist erschreckend, Ayid. Verglichen mit dem Wissen der Dhelis, erscheinen unsere größten Denker wie Medizinmänner beim Anblick einer Lokomotive. Und wenn wir den Zentral-Welten beitreten, uns für Handel und Besuche öffnen, wird es noch viel ärger. Dann werden alle Menschen verwirrt und verloren sein und dazu verurteilt, angesichts der Götter von den Sternen mit ihrer eigenen Minderwertigkeit zu leben. Die Erde ist in großer Gefahr, Ayid. Und es ist ihre einzige Verteidigungsmöglichkeit, die Fremdrassen auszusperren.«

Ayid schwieg.

»Begreifst du jetzt, warum du verlieren mußt, Bruder? Wenn genug Abneigung vorhanden ist, genug Haß, dann werden die Menschen gegen den Beitritt stimmen. Wenn du zu verlieren bereit bist — dein Opfer kann dazu beitragen, daß es so kommt.«

»Glaubst du das wirklich, Kebe, oder . . .?«

»Meine Regierung glaubt das, aber ich auch. Afrika hat das alles schon einmal durchgemacht. Jetzt wollen wir unser Leben eine Zeitlang selbst formen. Ist das so unvernünftig?« Kwarafa wartete ein wenig und beugte sich dann vor, um eine breite, überraschend warme Hand auf Ayids Schulter zu legen. »Du brauchst Zeit zum Nachdenken. Gut. Aber versprich mir eines, Bruder: daß du dir meine Worte sorgfältig überlegst.«

»Das werde ich tun.«

»Gut.«

Das Gras raschelte, und als der Algerier aufsah, war der andere verschwunden. Vielleicht eine halbe Stunde noch saß er da und überlegte, während das eintönige Summen der Insekten sich in der endgültigen Stille der Nacht verlor. Dann stand er auf und lief langsam zurück zu den Apartments und seinem Bett.

»Scher dich aus der Bahn, aber ein bißchen fix!« rief Corcoran.

»Trainer, ich ...«

»Es ist mir scheißegal, was du da willst. Jetzt verschwinde! Heute wird nicht auf Leistung trainiert, hab' ich gesagt.«

»Ich ...«

»Kein Leistungstraining!« Damit drehte sich der Amerikaner auf der Ferse um und ging.

»Nur ein bißchen joggen, Sir?« rief ihm Ayid nach. Corcoran drehte sich um, noch den Zorn im Blick, erst dann entspannte sich sein Gesicht langsam zum Anflug eines Lächelns.

»Na schön. Ein wenig. Aber nicht mehr als eine halbe Stunde und ohne Kraftaufwand. Du mußt morgen ausgeruht sein.« Ihm kam ein Gedanke, und er winkte Ayid heran. »Übrigens, es gehen da Gerüchte um, über dieses letzte Rennen morgen. Jeder will was anderes wissen. Hast du etwas gehört?«

»Nur, was Sie mir sagten. Daß es eine 30-Meilen-Strecke ist, durch unebenes Gelände. Was gibt es für Gerüchte?«

»Ach, zerbrich dir nicht den Kopf darüber. Wäre Zeitverschwendung. Jedenfalls scheint an diesem letzten Wettbewerb mehr dran zu sein als ein bloßer Achtzehntausend-Normen-Geländelauf.«

»Was könnte noch sein, Mr. Corcoran?«

»Da ist ja das Problem. Ich weiß es nicht, und ich kann es nicht herausbekommen. Habe bei der Schiedsrichterstelle angerufen; die sagen nur, sie können das letzte Rennen nicht im voraus besprechen. Scheint auch zu stimmen — ich hab's in den Spielregeln, die ausgegeben wurden, nachgesehen. Das Schlimme daran ist, daß die meisten Schiedsrichter bei diesem Bewerb Chircurgi sind, weil sie selbst nicht laufen und voraussichtlich neutral sind. Aber ich trau diesen durchtriebenen Halunken nicht!«

»Nein«, sagte Ayid.

»Okay. Lauf, wenn du magst. Komm in den Mannschaftsraum, sobald du fertig bist.«

»Jawohl, Sir.« Wenn wir nur die Strecke sehen könnten, dachte Corcoran, während er Hafouz davontraben sah. Zum Teufel, was soll das? Wir kennen die Entfernung, und ich werde ihn auf der ganzen Strecke überwachen und ihm die Zeiten durchgeben. Er wird's schon schaffen! Plötzlich war ihm fröhlich zumute, wie von einer Vorahnung des Sieges. Pfeifend ging er auf den Speisesaal der Trainer zu, wo Pfannkuchen, Hamburger und Kaffee ihn erwarteten.

Ayid warf einen Blick über seine Schulter auf den Trainer, der sich entfernte. Er war versucht gewesen, sich ihm anzuvertrauen, mit ihm über Kwarafas Bitte zu sprechen. Aber er konnte nicht. Nicht mit dem Amerikaner . . . mit seiner blinden Sucht nach Sieg um jeden Preis, seiner überheblichen Art und seiner ständigen Flucherei, die das Ohr des Gläubigen verletzte. Ein Kharidjiter hält seine Zunge im Zaum, denn Allah vermerkt jedes Wort.

Der Gedanke an Allah erweckte die Erinnerung an ein Augenpaar, während er langsam die leere Bahn entlang lief. Ein großes, ruhiges, verständnisvolles Augenpaar. Vielleicht konnte er mit dem Dheli reden. Nicht in völliger Offenheit, aber es würde guttun, jemandem sein Herz auszuschütten.

Wo würde er zu dieser Tageszeit Tseil Laol finden?

Das ist leicht, dachte er. Er wird sich für das morgige Rennen vorbereiten. Vorsichtig, nur ganz vorsichtig, denn alle Kraft mußte aufgespart, kein bißchen Energie durfte verschwendet werden. Achtundvierzig Kilometer! Das war für sich allein genug. Vielleicht war Corcorans Geschichte von den Gerüchten nur seine Methode, um ihn, Ayid, in Spannung zu halten. Er umrundete eine weitere Kurve und sah, daß er richtig geraten hatte. Tseil Laol lag neben der Bahn und trainierte, um seine Beine geschmeidig zu machen. Der goldblonde Dheli machte die gleichen Übungen wie die Terraner. Gleich darauf erhob er sich und schwenkte leichtfüßig in die Bahn ein, hob die Knie hoch und pumpte mit den Armen. Ayid wollte ihn nicht erschrecken und rief ihm zu, als er sich von hinten näherte: »Tseil Laol!«

Der Dheli drehte den Kopf, und wieder beeindruckte Ayid die Größe dieser goldenen Augen, die mehr zu sehen schienen, als man preisgeben wollte.

»Ayid! Sei gegrüßt. Komm, laufen wir zusammen!«

Ayid holte ihn ein, und sie liefen nebeneinander — leicht, schwebend, mit den Beinen weit ausholend. Um sie herum dehnten sich die kahlen Hügel, leere Ränge, verlassene Gebäude. Die blaue Sonne strahlte grell herunter. Was frage ich ihn, jetzt da ich bei ihm bin? dachte Ayid. Er warf einen kurzen Blick zur Seite auf den Dheli.

»Du bist gestern gut gelaufen, Ayid«, sagte Tseil Laol.

»Ah, danke. Du bist auch gut gelaufen.« Sie kamen zur Geraden gegenüber den terranischen Sektoren, und Ayid suchte nervös nach Corcoran. Er war nicht in Sicht.

»Ein schöner Tag zum Laufen. Einfach zum Vergnügen«, fing der Dheli noch einmal an.

»Ja«, antwortete Ayid unglücklich. Jetzt wußte er, daß es ein Fehler gewesen war zu denken, er könnte mit dem Dheli sprechen. Die Kluft war zu groß.

»Du wolltest mich etwas fragen?«

»Wie?«

»Deshalb läufst du doch mit mir, nicht wahr?«

»Och . . .«

»Es ist schon gut. Du tust nichts Falsches. Es waren die Terraner, die uns auseinanderhalten wollten, so daß wir sogar getrennt essen und schlafen. Wir wollten das nicht, weißt du.«

»Das wußte ich nicht«, sagte Ayid.

»Du dachtest, wir Dhelis hätten das verlangt? Daß wir sogar die Zuschauer in verschiedenen Sektoren haben wollten? Natürlich nicht. Die Rassen der Zentralen Welten vermischen sich frei, nach Belieben, vorbehaltlich ihrer bevorzugten Atmosphäre und Schwerkraft. Diese Spiele sollten Freundschaft fördern, nicht Trennung und Mißtrauen.«

»Warum wart ihr dann damit einverstanden?«

»Es ist das erste Auftreten deiner Rasse bei uns. Ihr fühlt euch nicht wohl unter anderen Arten. Mit der Zeit werdet ihr zivilisierter werden, aber für den Moment wollen wir entgegenkommend sein.«

Mit der Zeit werdet ihr zivilisierter werden! Ayid hörte Kwarafas Worte in seinem Inneren: ›Siehst du nicht, daß sie uns wie Wilde einschätzen?‹ »Wie sieht dein Volk aus?« platzte er heraus.

Die riesigen goldenen Augen, leicht belustigt, wandten sich prüfend ihm zu und wieder zurück zur Bahn. »Wollen wir etwas schneller laufen?«

»Warum nicht?« entgegnete Ayid unbekümmert. Sie steigerten das Tempo, immer noch zusammen. Er bemerkte, daß er und der Dheli die gleiche Schrittlänge hatten und daß sie sich im selben Rhythmus fortbewegten, wie Soldaten im Gleichschritt.

»Wie wir die Menschen sehen? Als junge Rasse.« Laol atmete ein paar Schritte lang durch, dann setzte er fort: »Eine, die sich in der Isolierung gut entwickelt hat, aber noch unreif ist. Es ist sehr bedauernswert, daß ihr den Chircurgi zuerst begegnet seid. Das hat die ganze Angelegenheit kompliziert.«

»Welche Angelegenheit?«

»Euch in die Zentralen Welten zu bringen. Und euch dann, mit so wenig dauerndem Schaden wie möglich, bei der Weiterentwicklung zu helfen.«

Jung. Unreif. Nun ja, vielleicht haben sie allen Grund, uns so zu nennen, dachte Ayid. Obwohl wir die Weisheit des Propheten haben, die uns führt. Das warf eine weitere Frage in ihm auf, und er stellte sie: »Habt ihr eine Religion, einen Propheten?«

»Wir hatten von beiden einige Hunderte«, antwortete er ohne Sarkasmus oder Spott.

»Wie alt sind die Dhelis?«

»Das ist schwer zu sagen. Soweit unsere Geschichte aufgezeichnet ist, geht sie auf sechs Millionen Erdjahre zurück. Zu dem Zeitpunkt, da diese Aufzeichnungen beginnen, hatten wir aber bereits ein Sternenschiff — ein schwerfälliges, unverläßliches Modell. Viele Schiffe gingen verloren — und wir hatten unseren Heimatplaneten längst vergessen. Die meisten nehmen an, wir kamen von irgendwo im Quadrant Zwei, vielleicht von einem heute verschwundenen Planeten, der Dhela oder Dhelia hieß.«

»Quadrant Zwei?«

»Die Galaxis ist diskusförmig, das weißt du. Wir teilen sie für die Navigation in Quadranten, Radioiden, Distanzen und Längengrade.« Laol atmete wieder eine Weile durch und fuhr dann fort: »Quadrant Zwei ist von der Erde aus gesehen gegenüber dem galaktischen Zentrum.«

»Das verstehe ich nicht«, sagte Ayid.

»Das macht nichts. Ihr werdet lernen, und wenn ihr länger lebt, werdet ihr mehr lernen können. Wenn eure ältesten Männer so lange gelebt haben werden wie der älteste Dheli, dann werdet ihr so weise sein wie wir. Aber das kann viele Jahrhunderte dauern.« Ayid spürte den kritischen Moment näherrücken. Er beschloß es zu wagen. Bis dahin hatte der Dheli nichts zurückgehalten. »Viele Jahrhunderte. Aber, sag mir, Tseil Laol, wird es nicht großes Leid geben, bevor wir so werden wie ihr?«

»Wie wir? So wie wir werden die Menschen nie sein. Ihr werdet intensiver das werden, was ihr seid, aber nicht so wie wir. Außer, alle Rassen wachsen eines Tages über die Notwendigkeit, einen Körper zu haben, hinaus, was manche glauben. Aber um dir zu antworten: Ja, die Veränderung wird viel Leid bringen. Ob sie das wert ist? Darüber müssen eure Völker entscheiden, wenn sie wählen, ob sie uns beitreten wollen oder nicht.«

Ayid fiel nichts mehr ein, was er hätte sagen können, und so liefen sie eine Weile nebeneinander weiter.

»Ayid.« Es war Corcoran, hinter seinem Ohr. »Wo bist du? Melde dich bei mir in den Mannschaftsräumen.«

»Ich muß jetzt aufhören«, sagte er zu Laol. »Es war schön, mit dir zu laufen.«

»Und zu reden. Ich muß noch ein Stückchen weitermachen. Bis morgen dann.«

Ayid schaute ihm nach. Die Gestalt des Dheli wurde langsam kleiner, als er sich, schmal und elegant, unter der blauweißen Sonne, entfernte.

»Ah, da bist du ja, Junge! Hast du nicht zuviel getan, nein?«

»Nur ein paar Runden, Sir.«

»Gut. Heute bekommst du ein großes Mittagessen.« Sie waren allein im Mannschaftsraum, Corcoran lehnte an der Tür. »Aber wart einen Moment, das Essen werden sie dir schon aufheben. Ich möchte mit dir wegen morgen sprechen.«

Ayid nickte.

»Setz dich.« Der Amerikaner schloß die Türen und schaute Ayid ins Gesicht, ganz anders als sonst, halb liebevoll, halb besorgt. »Ich weiß«, sagte er, »ich stell dir immer wieder die gleiche Frage — aber sag mir noch einmal, daß du morgen wirklich gewinnen willst.«

Laß dir die Verwirrung nicht anmerken, dachte Ayid. »Ja, Sir, natürlich will ich.«

»Ich will ganz sicher sein, weil ich dich um einen Gefallen bitten möchte.«

Corcoran zögerte, dann griff er in die Tasche und zog ein flaches Plastikpäckchen heraus. Er riß es auf, schüttelte eine kleine längliche Kapsel in seine Hand und hielt sie hoch. »Ich möchte dich bitten, das mitzunehmen.«

»Das soll ich mitnehmen?«

»Ja, sonst nichts.«

»Was ist es?«

»Kokain.«

Darüber wußte Ayid Bescheid. Er hatte gesehen, wie es in den Elendsvierteln der Küstenstädte heimlich verkauft wurde. Nie würde er es selbst nehmen. Kein M'zab würde das tun. »Warum? Ich suche nicht Genuß.«

»Das ist nicht zum Genießen, das ist zum Laufen.«

»Das verstehe ich nicht.«

»Dann hör zu. Kokain ist ein Schmerzstiller. Es ist noch mehr: Es ist ein anregendes Mittel. Die Inka-Boten verwendeten es schon vor Jahrhunderten gegen Erschöpfung, wenn sie weit laufen mußten. Also, du bist doch schon Marathons gelaufen.«

»Ja.« Bilder des Boston-Marathons, dieses Prestigelaufs, den er im vergangenen Jahr gewonnen hatte, tauchten auf. Sechsundzwanzig Meilen in einer Stunde und siebenundvierzig Minuten. Die Zeit hatte die Erinnerung verblassen lassen, aber die Agonie des Endspurts würde er nie vergessen. »Sie sind sehr schmerzhaft.«

»Ganz recht. Hier sind es nun dreißig Meilen. Das kannst du ohne Hilfe nicht schaffen.«

»Die Dhelier schaffen es.«

»Das steht jetzt nicht zur Diskussion, Ayid. Schau, du *mußt* morgen gewinnen. Und das könnte genau das Richtige sein, das dir den letzten Stoß gibt zum Sieg. Und das Beste daran ist, es ist nicht verboten.«

Müssen, müssen, dachte Ayid. Das war der Preis, den man dafür zahlte, Erster zu sein, das Ende der Straße, die er vor Jahren auf den algerischen Kamelpfaden zu laufen begonnen hatte. Sich befehlen zu lassen; von Leuten wie Kwarafa und Corcoran wie ein Werkzeug behandelt zu werden — *zu müssen.* Er hielt den Kopf gesenkt, aber etwas in ihm begann sich endlich aufzulehnen.

»Warum muß ich?«

Corcoran starrte ihn an. Einen Moment lang herrschte völliges Schweigen, während beide einander direkt ins Gesicht sahen. Dann wandte sich der Ältere ab. »Gut«, sagte er, »ich denke, du hast ein Recht darauf, es zu wissen. Also will ich es dir sagen. Ayid — wir sind Dhelis.«

Zuerst verstand er nichts. Corcoran, immer mit einem nervösen Blick zur Tür, erklärte die Auffindung des alten Raumschiffs, die Geschichte des Menschen und wie er sich von den Urvätern wegentwickelt hatte. »Niemand weiß davon, Ayid. Nicht die Öffentlichkeit, keiner der anderen Läufer und besonders nicht die Dhelier. Und sie dürfen es auch nicht erfahren. Du weißt warum?«

Er dachte kurz nach, dann war es ihm klar: »Damit wir erst ihr Ansehen erringen können. Damit sie uns als Gleiche ansehen und nicht als . . .«

»Degenerierte.«

»Danke.« Auf arabisch hätte er das Wort gewußt, aber nicht auf englisch. »Danke, daß Sie mir das gesagt haben, Mr. Corcoran.«

»Schon gut. Dann behalt es bei dir, Kleiner.«

»Das werde ich.«

»Dann wird es Zeit, daß du zu deinem Essen kommst.« Er trat aus der Tür, hielt aber wieder inne. »Ach ja, der Koks. Den geb ich dir morgen. Ich hab' ein Hautpflaster, unter das die Spritze gut passen wird.«

»Ich kann das Zeug nicht nehmen.«

Corcoran zog die Brauen zusammen. »Moment. Jetzt habe ich dir gerade erklärt, warum du mußt.«

»Nein, Sir. Sie erklärten mir, warum ich gewinnen muß. Nicht, warum ich dazu eine Droge nehmen muß.«

»Aber Drogen sind legal!«

»Nach den Medialen Regeln schon. Aber ich bin gläubig.«

»Großer G . . . entschuldige. Oder sonst was. Schau, Hafouz. Glaubst du nicht, daß das alles hier ein bißchen belanglos ist? Hast du eigentlich eine Ahnung, wie weit wir hier von Mekka sind?«

»Es ist egal, wie weit entfernt wir von Mekka sind. Trunkenheit ist verboten. Drogen, die den Verstand nehmen, sind immer noch verboten. Zu solch einem Preis einen Sieg zu erkaufen, ist Sünde. Und für einen M'zab ist Sünde Sünde. In Mekka oder auf Olympia, Sir.«

Sprachlos sah Corcoran den dünnen Burschen an. Was er sah, war der zum Zerreißen gespannte Faden, an dem seine fast unmenschliche Selbstbeherrschung noch hing. Ein Amerikaner, sagte sich der Trainer, hätte verstanden. Ein Russe hätte verstanden. Was zählt, ist der Sieg — und nicht, ob man sich an irgendwelche sinnlose Regeln hält, die ein paar senile Greise in stinkenden Gewändern sich vor tausend Jahren ausgedacht haben.

»Dich kann ich nicht verstehen, Hafouz«, sagte er.

»Ich verstehe mich selbst nicht«, antwortete der Bursche ernst. »Darum lebe ich nach den Gesetzen meines Volkes.«

»Geh jetzt essen!« sagte Corcoran. Als der Junge fort war, wog er das Ding in seiner Hand. Er wird es nehmen, dachte er. Irgendwie bringe ich ihn noch dazu, es zu nehmen. Und er wird gewinnen.

Dann fiel ihm etwas ein.

»Morgen, Terry, morgen, Kebe«, sagte Ayid und zog einen Stuhl vor, um sich zu setzen. »Also, heute ist der Tag.« Kebe schaute auf und lächelte; der Australier war mit seinem Frühstück beschäftigt, sah verdrossen drein und nickte kaum.

Ayid warf einen Blick aus dem Fenster des Mannschaftsspeisesaals, während er auf sein Essen wartete. Es war noch früh am Morgen, und die Sonne, jetzt beinahe gelb, hatte sich eben über die Hügelkette geschoben. Mekka ... in welcher Richtung es wohl liegen mochte? Aber man konnte sich der Sonne zuwenden. Das hatte er kurz vor dem Frühstück auch getan, als er im funkelnden Gras auf seinem Gebetsteppich gekniet hatte.

Po-xiang brachte zwei Tabletts und ging ohne ein Wort. Ayid griff herzhaft zu. Das Rennen würde erst am frühen Nachmittag beginnen, und er war hungrig. Es gab Reis, Lammkotelett, viel frisches Brot, soviel Kaffee, wie er nur wollte, heiß, stark und sämig, dann Orangensaft, die flachen Dattelkuchen, die er so liebte, und die eigenartige Fischpastete, die Po-xiang eingeführt hatte. Zum Schluß mußte er sich zwingen, noch die letzten Stückchen vom zweiten Tablett in sich hineinzustopfen; aber er wußte, daß jede Kalorie im vorhinein berechnet war. Southren sah ihm mürrisch zu, vor sich halbgeleerte Teller mit geräuchertem Hering, Waffeln, Haferbrei und Orangenmarmelade. »Du bist bei Appetit«, sagte er, als Ayid sich schließlich die Hände abwischte und sich gemütlich in seinen Sessel zurücklehnte.

»Du solltest auch essen, Terry. Wir werden das alles nötig haben, um dreißig Meilen zu laufen.«

»Ich bin noch nie so weit gelaufen.«

»Ich auch nicht.«

Kwarafa war bereits fertig. »Hör auf ihn«, sagte er zu Southren. »Iß auf.«

Southren schaute Kwarafa erstaunt an. »Wirst du heute laufen?«

»Natürlich. Ich bin zwar ein Sprinter, und ich werde es sehr langsam angehen . . .«

»Du scheinst alle Rennen langsam anzugehen.«

Ayid blickte kurz zu Kwarafa, dem der Zorn anzusehen war, aber es klang ausgeglichen, als er zugab: »Ich war nicht sehr erfolgreich hier, nein.«

Southren sah ihn immer noch an, schaute dann zu Ayid und sagte: »Zum Teufel, ich möchte wissen, was hier eigentlich vorgeht. Etwas stinkt.«

»Ich . . . weiß selbst nicht, was los ist«, stammelte Ayid. Er sah dem Australier nach, als er wegging. »Der scheint böse zu sein.«

Kwarafa zuckte mit den Achseln. »Vielleicht hat er Angst davor, was es bei dem Rennen heute geben wird. Ich habe gehört, irgend etwas soll da anders sein.« Er beugte sich vor und sah Ayid mit seinen dunklen Augen durchdringend an. »Hast du über unser Gespräch nachgedacht?« fragte er auf arabisch.

»Ja.«

»Tust du, was wir vorschlagen?«

»Ich weiß nicht. Andere . . . es wurde mir etwas zur Kenntnis gebracht. Es ist vielleicht besser, wenn ich gewinne, aus Gründen, die du nicht kennst.«

»Vielleicht weiß ich doch davon. Du meinst die Dhelier — und wir. Ja, die Panafrikanische Regierung weiß das auch. Mein Trainer hat es mir erklärt.«

Ayid nickte erleichtert. Also würde es keine Ungewißheit mehr geben. »Dann verstehst du mich ja.«

»Nein«, entgegnete Kwarafa. »Unserer Ansicht nach ist es eine Lüge. Es gibt kein Raumschiff, und wir stammen nicht von den Dheliern ab. Es ist nichts als Propaganda. Ein Trick, damit du auf Sieg läufst.«

»Du meinst, sie würden uns so hereinlegen? Das glaub ich nicht. Das würde Mr. Corcoran nicht . . .«

»Vertrau mir«, beteuerte Kwarafa. »Bei den Eingeweiden des Propheten schwöre ich dir, daß es unwahr ist. Und was deinen Trainer anbelangt — wovor würde der Halt machen, wenn es um den Sieg geht?«

Ayid stand auf. Sein Kopf war wie ein Kreisel. »Ich muß nachdenken«, sagte er und ging, ohne Kwarafas Gruß zu hören.

Um elf holte ihn Corcoran ab und nahm ihn mit zu den Räumen der Trainer. Nein, man würde ihn in keine Diskussionen über das Rennen verwickeln. »Wir werden bald genug mitten drin sein«, sagte er, während er ihm die Türe zum Sitzungsraum öffnete. Der Raum wirkte gemütlich, hatte eine niedrige Decke, tiefe Lehnsessel und sogar eine Bar in einer Ecke. »Ich bleibe mit dir in Verbindung, werde dir Zeiten durchgeben und das medizinische Zeug überwachen. Ich habe Vertrauen zu dir. Und Chircurgi-Tricks — die werden wir schon hinkriegen.«

Ayid blieb in der Tür stehen. Eine Frau kam auf ihn zu. Sie war groß, hellhäutig, blondhaarig und trug ein strenges graues Kostüm, geschmückt nur mit dem Abzeichen des UNO-Komitees für Mediale Beziehungen.

»Kommen Sie herein, Ayid.« Sie streckte ihm eine kühle Hand entgegen. »Es wird nicht lange dauern.« Er wich dem eiskalten Blick ihrer blauen Augen aus. »Ihr Trainer, Mr. Corcoran, teilte mir mit, daß Sie Einwände gegen leistungssteigernde Mittel haben, die auf dem religiösen Glauben Ihres Stammes beruhen. Ist das im wesentlichen richtig?«

»Ah . . . ja«, stammelte er. Dem nackten Gesicht einer Frau gegenüber fühlte er sich immer unbehaglich.

»Bitte, lesen Sie das.« Sie hielt ihm einen Bogen Plastron entgegen.

Es war kurz und knapp formuliert, die schwungvollen arabischen Buchstaben sahen auf dem Translichtformular seltsam deplaziert aus:

Ayid Hafouz der M'zab von Al Jarzhirez: Friede! Der Rat mit Sitz in Ghardaia enthebt dich der Befolgung aller Gesetze der Gläubigen, die du für dein Abschlußrennen zu übertreten für nötig hältst. Erringe Ehre für die Erde, für Panarabien und für deinen Stamm!

Er las es zweimal, dann hob er den Kopf. »Haben Sie noch irgendwelche Einwände dagegen, heute nachmittag den Rat Ihres Trainers zu befolgen?« fragte sie, als sie das Formular wieder an sich nahm.

Wortlos schüttelte er den Kopf.

»Gut«, sagte Corcoran frisch. »Wenn das so ist, fangen wir mit dem Aufwärmen an. Wir haben etwa eine Stunde bis zum Start.« Er hielt Ayid ein kleines Päckchen hin; der Junge nahm es wie betäubt. »Du kannst jetzt gehen. Po-xiang wird im Mannschaftsraum auf dich warten.«

Als er gegangen war, sahen Corcoran und die Frau einander an. »Mir ist nicht wohl bei der Sache«, fing er an.

»Sie hatten recht; die haben sofort Respekt vor allem, was sie schwarz auf weiß sehen. Er hat die Echtheit nicht einmal angezweifelt.«

»Aber es ist eine Lüge.« Corcoran schaute unglücklich drein. »Ich habe noch niemals einen meiner Läufer belogen.«

»Werden Sie jetzt nicht schwach«, sagte die Frau. »Wenn es um das Wohl der Menschheit geht, sind Lügen manchmal notwendig. Meinen Sie nicht?«

»Ich denke, deswegen werde ich es getan haben«, murmelte Corcoran und griff in die Tasche, als der Schmerz heftiger wurde. »Schließlich . . . Mekka ist weit weg.«

Was soll ich tun? Soll ich mich anstrengen zu gewinnen? Oder vorsätzlich verlieren? Vielleicht läßt mich Tseil Laol soweit zurück, daß es nicht in meiner Hand ist.

Er ging auf die Startlinie zu, verzweifelt hoffend, daß jemand für ihn entscheiden würde.

An diesem vierten und letzten Tag der Medialen Rennen waren so viele Schlachtenbummler gekommen, daß die Sitzplätze auf den Rängen bei weitem nicht ausreichten. Dunkle Massen, Menschen und Dhelis bedeckten die mit Gras bewachsenen Teile der Hügel. Die Sonne funkelte auf Tausenden von Ferngläsern, Kameras und mitgebrachten Holoapparaten, so daß der ganze riesige Kessel glitzerte. Nach dhelischen Regeln würden die Leute nur den Start und den Endspurt sehen; der übrige Lauf würde im Gelände stattfinden und außer Sicht bleiben. Nur die Schiedsrichter würden ihn selbstverständlich über Holoapparate verfolgen.

Seine Beine zitterten, die kräftigen Muskeln seiner Schenkel zuckten. Seine Blase war gespannt vor Nervosität, aber auch von den zwei Litern süßer Flüssigkeit, die Po-xiang ihm eingeflößt hatte. Er erreichte die Startlinie und sprang federnd auf den Zehen, während die anderen ihre Plätze einnahmen. Sie wechselten wenige Worte, wie »Viel Glück« oder »Lauf gut«. Kwarafa faßte ihn an der Schulter und sagte leise: »Vergiß nicht, Bruder!« Tseil Laol, in der am weitesten von ihm entfernten Bahn, schaute nicht zu ihm herüber und schien mit sich selbst beschäftigt zu sein.

»DIE LÄUFER FÜR DEN 18000-NORMEN-LAUF WERDEN GEBETEN, IHRE PLÄTZE EINZUNEHMEN. DIESES RENNEN WIRD AUF GETRENNTEN BAHNEN, MARKIERT DURCH GRÜNE SIGNALE, DURCHGEFÜHRT. IM VERLAUF DES RENNENS WERDEN JEDEM TEILNEHMER DREI INDIVIDUELLE HINDERNISSE ODER PRÜFUNGEN AUFERLEGT.«

Freudige Erregung packte Ayid, gemischt mit einer Portion Angst. Die Gerüchte stimmten: Das wird mehr als ein Achtundvierzig-Kilometer-Lauf, und Allah wußte, das allein wäre schon schlimm genug. Er hoffte zugleich, die Hindernisse meistern zu können, was immer sie sein mochten.

»DER ERSTE LÄUFER, DER ALLE HINDERNISSE ÜBERWINDET UND DIE STRECKE BEENDET, IST SIEGER.

ACHTUNG!«

Er bückte sich leicht. Bei so einem langen Rennen kam es nicht auf einen raschen Start an. die Welt um ihn herum, Corcoran, Kwarafa, all seine Ungewißheit und Zweifel fielen von ihm ab, als er den Kopf hob, um den Strahl zu fixieren.

Klick. Wie eine Feder schnellte er auf und nach vorn in einem leichten, schnellen, Entfernung verschlingenden Sprung. Die sechs Läufer bewegten sich fast auf gleicher Höhe, eine Linie bildend, der Geraden entlang. Diesmal führte sie zwischen gespannten Seilen weiter nach Nordwesten über die Hügel. In der Ferne war eine grelle grüne Flamme zu sehen, die einige Meter hoch in die Luft ragte. Als sie zwischen den Rängen hindurchliefen, Dhelier zur einen Seite, Menschen zur anderen, streckten die Zuschauer die Hände aus, um sie zu berühren. Ayid jedoch merkte das ebensowenig wie den aufbrausenden Applaus. Ein langsamer Start, dachte er, sogar für einen Marathon. Wahrscheinlich sind wir alle noch ängstlich.

Die Linie dehnte sich in die Länge, als jeder Läufer zu seinem eigenen Tempo fand. Aia Maior lief sich vor ihm ein, und Ayid entschloß sich, ihn für den ersten Kilometer das Tempo angeben zu lassen und seine Zeiten abzuwarten. Das Gras war rauher als der moosige Belag der Bahn; es hatte die Unebenheit einer natürlichen Oberfläche und war angenehm unter seinen abgehärteten Füßen. Er erreichte den Scheitel des kleinen Hügels und folgte Maior auf der anderen Seite wieder hinunter auf einen Wald zu. Während sie abwärts liefen, überblickte er das vor ihnen liegende Terrain. Soweit er es ausmachen konnte, war es ziemlich flach. Weit im Hintergrund lag der Horizont leicht im Nebel; in der Ferne wellten sich sanfte Hügel, die allmählich hinter eigenartig bläulichen Bäumen verschwanden, je mehr sie sich dem Waldrand näherten.

»Langsamer Start«, sagte Corcoran, »aber sparen wir einstweilen. Heft dich an die Dhelis. Ich geb dir Zeiten durch. Diesmal gewinnen wir, Ayid!«

Der grüne Stern, der ihnen voranzuschweben schien, leuchtete über einem Pfad, der in den Wald führte. Maior, etwa zwanzig Meter weiter vorn, stürzte sich hinein, Ayid folgte, knapp hinter sich Tritte hörend. Eng umgab ihn der Wald. Wedelartige

Farne wuchsen über seinem Kopf ineinander und tauchten den Pfad, dem sie folgten, in ein tiefblaues düsteres Licht, das wie unter Wasser wirkte. Der Weg drehte und wendete sich. Bald sah er nichts mehr von Maior.

Da, das grüne Signal, über einem Seitenpfad. Farne peitschten ihn, als er vom Hauptweg abschwenkte. Die Tritte hinter ihm wurden leise und verklangen völlig. Er kam heraus auf eine breite, nackte Sandstraße, auf der er locker weiterlief.

Plötzlich wurde ihm klar, daß er alleine war. Im Sand der Straße fehlten Maiors Fußspuren, und als er einen Blick nach hinten riskierte, sah er, daß auch da niemand war. Hatte er sich verlaufen? Nein, das grüne Licht führte ihn weiter. Wir laufen auf getrennten Bahnen, dachte er. Man wird sie gemessen und verglichen haben, um sicherzustellen, daß wir alle die gleiche Entfernung laufen. Einerseits erschien ihm das recht vernünftig . . . aber er mußte sich eingestehen, daß ihm die Anwesenheit der anderen fehlte.

»Ein Kilometer, Junge. Drei Minuten fünfzehn. Langsam, aber okay.«

Corcorans Stimme war zwar noch gut hörbar, aber sie klang schwächer. Das wird wieder besser, wenn ich drüben auf den Hügeln bin, dachte Ayid.

Jetzt mußte er sich auf das Laufen konzentrieren. So weit noch, weiter sogar als ein Marathon, dieser Schmerz-Wettkampf. Aber er fühlte sich stark, großartig, voll ungeheurer Energie. Ich schaffe es, dachte er. Ich werde durchhalten, und gewinnen werde ich auch.

Aber *sollte* er?

Er blickte kurz zu seinem linken Arm. Ein Stück ayidfarbenes Klebeband unter seiner Achsel verbarg die Injektionsspritze. Nein. Darüber wollte er jetzt nicht nachdenken, entschied er. Auch nicht über den erstaunlichen Beschluß des Rates, der niemals die leiseste Tendenz bekundet hatte, das uralte Kharidjiter Dogma zu beugen. Der sandige Weg führte bergauf, es wurde heller. Jäh hörte der Wald auf, und er befand sich auf einem ansteigenden kleinen Pfad. Während er lief, schaute er um sich, aber nichts und niemand war zu sehen. Der Hügel war nicht hoch und die Kuppel bald erreicht, und schon ging es wieder abwärts. Müßte inzwischen zwei Kilometer haben, dachte er, erstaunt, wo denn Corcoran mit den Zeiten blieb. Wieder Wald, diesmal mit weißlichen Gebilden zwischen den Bäumen ... was die wohl sein könnten?

Der Pfad verlief gerade, und Ayid wagte, das Tempo zu erhöhen. Jetzt, am Anfang, war es an der Zeit, die Beine zu strecken. Er neigte dazu, in der zweiten Hälfte eines Marathons schneller zu laufen, aber Corcoran hatte ihn unzählige Male darauf aufmerksam gemacht, daß ihn ein stärkerer Lauf zu Beginn in eine bessere Ausgangsposition für den letzten Schub im Finish bringen würde.

An einer wild zerklüfteten Felswand, offensichtlich behauen, drehte sich die Spur nach links. Ayid legte sich leicht in die Kurve, die Wand huschte vorbei. Spiralförmig ausgehöhlt, erhob sie sich von dem sandigen Boden in steilen, die Bäume überragenden flossenartigen Rippen, von schmalen Kanälen durchfurcht. Ayid war neugierig, aber nicht neugierig genug, um stehenzubleiben.

Wieder eine Wand, diesmal zur Linken. Der Weg drehte sich nach rechts und gabelte sich. Er schaute nach dem Signal aus, aber es war schon weiter vorn, das dachte er jedenfalls, und wählte den breiteren Pfad.

Nach dreißig Sekunden war er hoffnungslos verloren. Nur der klare Himmel, verstellt von sich auftürmenden, sich drehenden Felswänden, schien noch vertraut. Und das grüne Licht, sein Führer, war verschwunden.

War das eine Prüfung, oder hatte er sich einfach verlaufen? Er blieb stehen und schaute sich um. Drei Wege führten in das Labyrinth eines Felsens. Er lief auf der Stelle, überlegend, welchen er nehmen sollte. Er suchte die Wände nach Markierungen ab. Es gab keine. Er prüfte den Boden nach Fußspuren, aber da waren nur seine eigenen. Wohin?

Okay. Also nachdenken. Seit wir von der Laufbahn abgeschwenkt sind, bewegen wir uns in Richtung Nordwesten. Einen

Moment lang war er verwirrt, als ihm bewußt wurde, er könnte sich auf der südlichen Hemisphäre Olympias befinden; dann schüttelte er ärgerlich den Kopf. Die *Bezeichnung* ist doch egal. Er schaute wieder hoch und war beruhigt, die blaue Sonne zu sehen. Fünfmal täglich richtete er sein Gebet nach ihrer Stellung, ihre Bahn über den Himmel war ihm vertraut. Wenn die Richtung weiterhin Nordwesten war, müßte er den linken Pfad nehmen, beschloß er. Dieser führte weiter zu einer Gabelung, wo er sich auf die gleiche Weise orientierte, und dann zu einem schmalen Hohlweg, den er — immer hoffend — zu dreiviertel seines normalen Tempos in langen Sätzen nahm. Die Schlucht wurde enger. Er erkannte, daß sie vorn eine scharfe Ecke machen mußte. Weiter. Seine Schulter streifte den Felsen. Verzweiflung packte ihn. Er hatte es falsch gemacht. Dort vorn würde der Pfad enden.

Oder . . .? Er wurde langsamer. Nein, es war eine Ecke. Er ging herum, kletterte durch eine Felsspalte — und vor ihm weitete sich der Pfad, führte bergab. Da, fast genau im Nordwesten, strahlte der grüne Stern.

»Dank sei Allah, der den Menschen Verstand gibt, Ihn zu sehen«, murmelte Ayid. Er schwebte förmlich abwärts, seine Muskeln, die sich im Irrgarten der Felsen unwillkürlich verkrampft hatten, wurden wieder locker. Es kam ihm zu Bewußtsein, daß das Labyrinth ihn eine Stunde hätte kosten können. Aber er hatte Vernunft und Erfahrung eingesetzt. Das erste Problem, dachte er, war durch den Verstand zu lösen. Was mag das zweite sein?

Er verlor den Faden dieses Gedankens, als ihn der Hang in ein breites Tal führte. Der Talschluß war von Nebel verdeckt, trotzdem konnte er in der Ferne eine dunkle Masse wahrnehmen, die dann hinter den ziehenden Schwaden verschwand. Vor und unter ihm war wieder ein Wald, der sich mit jedem der langen, abwärtsführenden, die Fersen belastenden Sprünge näherte.

Aber dieser Wald war anders. Ein fremder harter Glanz lief über seine Oberfläche, wenn der Wind die Abertausende von Blättern bewegte, so daß er wie ein dunkles Meer aussah. Dem Pfad, der hineinführte, folgend, konnte er am Rande einzelne

Bäume ausmachen, die ihm pyramidenartig vorkamen oder wie Männer mit weit gegrätschten Beinen. Gleich sah er auch warum: Jeder Baum wuchs aus mehreren Stellen aus der Erde, und die Wurzeläste vereinigten sich erst weiter oben zu einem Hauptstamm. Die Spur wand sich zwischen ihnen, und bald mußte er springen, um den Wurzeln, die hie und da über dem Pfad lagen, auszuweichen.

Das Schweigen hinter seinem Ohr beunruhigte ihn langsam. Wo blieb Corcoran? War etwas nicht in Ordnung? Er würde seine Zeiten brauchen, um das Tempo richtig einzuteilen, jetzt, da er sich nicht nach den anderen orientieren konnte.

Stille. Da war nichts zu hören außer dem Tappen seiner eigenen Füße und dem Ein-und-aus-Rhythmus seiner Atmung. Es war kühl im Schatten der Bäume, und da er bereits tüchtig schwitzte, war es wie eine kalte Dusche, angenehm im ersten Moment — aber dann zitterte er. Er hatte ein vages Gefühl, daß irgend etwas nicht stimmte. Er riskierte noch einen Blick nach hinten. Nein, keiner der Läufer war zu sehen.

In hartem Rhythmus schlugen seine Füße auf. Die Bäume schienen zusammenzurücken; ihr Laub, von oben so glitzernd, war nach unten schier undurchdringlich. Erst wurde es düster, dann dunkel, bis er den Pfad unter seinen Füßen kaum mehr ausmachen konnte. Oft wäre er beinahe mit den weitreichenden Wurzelästen zusammengestoßen.

Da! Er hielt den Atem an, während er jäh zur Seite wich. Er war vorbeigekommen, aber — *der Baum hatte sich bewegt!*

Nein, dachte er. Das gibt es nicht! Aber er schaute zurück und sah die Wurzel quer über den Pfad gespreizt. Er hätte darunter durchlaufen müssen.

Noch ärger war, daß er jetzt die vage Bedrohung fühlte, die in diesem lichtlosen Wald lag. Er begann wirklich zu laufen, die Angst trieb ihn an, bis er keuchte und sein Herz wild klopfte. Nein, dachte er. Ich muß mein Tempo halten, ich darf mich jetzt nicht verausgaben. Ich habe noch viele Kilometer vor mir. Er zwang sich, langsamer zu werden.

Plötzlich bewegte sich wieder ein Baum vor ihm. Er duckte

sich, diesmal war es ein Ast. Es war jedoch eine langsame Bewegung gewesen, und er hatte sie kommen sehen, als der Stamm sich zur Seite lehnte.

»Sie sind zu langsam«, schluchzte er, sich von einer blind greifenden Wurzel wegwindend. Vor ihm in der fahlen Dunkelheit brannte das grüne Licht, das zeitweise hinter sich regenden Zweigen, Ästen oder schwerfälligen, bedächtigen Stämmen verschwand. Sollte er umdrehen? Er konnte nicht. Er würde nicht durchkommen zwischen den jetzt alarmierten Bäumen; und ohne das Signal würde er sich vielleicht verirren. Was aber weit mehr zählte, er mußte *vorwärts,* er mußte weiter, um das Rennen zu beenden. Selbst wenn ihn die Bäume einfingen, einsperrten. Und dann . . .? Ein glatter harter, eigenartig warmer Ast stieß ihn in die Seite, so daß ihm der Atem wegblieb. Es überkam ihn Ekel, aber gleichzeitig heftiger Zorn. Sie würden ihn nicht aufhalten. Mit seinen Händen würde er sie auseinanderreißen, diese knarrenden, schwankenden, unnatürlichen . . .

Er schlug direkt gegen einen schweren Stamm, prallte zurück und fiel. Keuchend lag er da, wie betäubt. Über ihm krachten Äste und senkten sich. Er rollte zur Seite, richtete sich auf Händen und Knien auf und konnte fühlen, wie die Wurzeln um ihn herum sich schwerfällig krümmten. Er empfand jetzt nur mehr Wut. Als etwas ihn umschlang, stampfte er und schlug wild um sich. Von irgendwoher über sich hörte er ein rauhes Krächzen, wie vor Schmerz.

Dann war er plötzlich frei. Noch um sich schlagend, stürmte er im Halbdunkel eine Forststraße entlang, während das grüne Licht weit voraus glühte. Es standen immer noch Bäume zu beiden Seiten, aber sie hatten gerade Stämme, und wenn sie sich bewegten, dann nur, weil der Wind sie schüttelte. Allmählich beruhigte sich Ayid, lief langsamer, griff im Laufen nach seiner Seite. Blau geschlagen, aber nichts gebrochen. Sein Verstand? Nicht so einfach. Er war in Ordnung, er würde das Rennen beenden, aber diese endlosen Minuten der Dunkelheit und des blanken Entsetzens würde er niemals vergessen. War das die zweite Prüfung? Allah, dachte er. Sie hätten mich umbringen können. Er hatte keine Ahnung, wie er entkommen war. Nur an seinen wilden Zorn konnte er sich erinnern.

Er fragte sich, wie weit es noch sein konnte.

Du bist etwa fünfzehn Kilometer gelaufen, Ayid, antwortete er sich selbst.

Wie willst du das wissen?

Mein Gefühl sagt es mir. Das lernt ein Läufer.

Dann haben wir ein Drittel der Strecke hinter uns.

Ja, sagte er sich. Etwa ein Drittel. Und eine Prüfung noch zu bestehen.

Er lief weiter in einem Tempo, das er auf etwa drei Minuten zehn pro Kilometer einschätzte, während sich das Laub über ihm allmählich lichtete. Hie und da wurde der Himmel wieder sichtbar. In langen, kalten, laserartigen Strahlen fiel hartes, blaues Licht in den Wald. Endlich ließ er die Bäume völlig hinter sich und kam, nachdem er etliche sanfte Hügel überwunden hatte, auf eine rötliche, trocken wirkende Ebene. Der weiße Nebel, den er aus der Ferne gesehen hatte, behinderte jetzt seine Sicht, aber mindestens fünfhundert Meter lagen klar vor ihm. Er trieb sich selbst unbarmherzig an und beschleunigte sein Tempo trotz der Schmerzen in der angeschlagenen Seite. Er durchlief Kilometer um Kilometer auf dieser trostlosen Ebene, die weder Baum noch Strauch hatte, ja nicht einmal einen größeren Felsen, der die Eintönigkeit unterbrochen hätte. Ayid war, als befände er sich in einer endlosen Tretmühle aus roter Ebene und festgestampfter Spur. Immer wieder blickte er zurück. Der Nebel zog hinter ihm auf, aber einen kleinen schwarzen Punkt meinte er weit weg ausmachen zu können. Er konnte nicht einmal sagen, ob es ein Mensch war oder Dhelier.

In dieser Monotonie hatte er das Gefühl, er könnte jetzt Stunde um Stunde Fünf-Minuten-Meilen abspulen. Es war seine nervliche Reaktion auf das Erlebnis im Wald, die ihm einen so gewaltigen Auftrieb gab. Und er begann über Kwarafa nachzudenken, über das, was er vom dhelischen Einfluß auf die Erde gesagt hatte.

Der Panafrikaner hatte recht. Das war klar. Tseil Laol hatte es ohne Einschränkung zugegeben. Es würde viel Leid geben, hatte er gesagt. Hatte nicht einmal versucht, es durch Wörter wie Spannungen oder Unannehmlichkeiten abzuschwächen. ›Leid‹ hatte er gesagt.

Und die Analogie zum Kolonialismus stimmte. Die M'zab lehnten Holos zwar ab — aber in der staatlichen Schule hatte Ayid die alten Dokumentarfilme von den Befreiungskriegen im zwanzigsten Jahrhundert gesehen, von der Reaktion der Moslems, von der späteren Gründung des panarabischen Staates. Eine Geschichte ununterbrochener Gewalt, voll Haß und Mord. Und das alles die Folge des Schocks, der entstanden war, als man mit einer fremden westlichen Kultur konfrontiert wurde und gegen sie verlor.

War es das wert?

Er vermutete vage, daß er anders gedacht hätte, wenn er als Städter aufgewachsen wäre. Wenn er in seiner Kindheit Holos gekannt, reichlich Nahrung, Schulbildung und all die Privilegien der oberen panarabischen Klassen erhalten hätte. Aber so war es nicht gewesen. Er war als M'zab aufgewachsen: ungebildet, schmutzig und arm. Und dadurch wußte er die Medizin westlichen Ursprungs zu schätzen, die seine Schwester einmal geheilt hatte, oder die westliche Technik mit ihren dicken Pipelines, die vom Meer frisches Wasser heranpumpten und den M'zab zum erstenmal in der Geschichte genug zu essen brachte. Nein, die europäische Kultur war nicht überlegen; aber ein kluges Volk konnte im Lauf der Jahre selbst die Wahl treffen, was es annehmen wollte und was schädlich war. Die Araber hatten zwei Jahrhunderte dazu gebraucht. Aber es war möglich.

Und wie entscheidest du nun, Ayid Hafouz?

Er entschied gegen Kwarafa. Er wußte, der gedrungene Afrikaner war ehrlich. Er hatte einen sicheren ersten Platz aufgegeben, in einem Versuch, Southren am Sieg zu hindern. Kein Sportler, und das war Kwarafa, könnte ein größeres Opfer bringen. Aber Ayid teilte seine Ansicht nicht. Die Algerier hätten nicht ewig — Hände abhackend und an Pest und Hunger sterbend — im zwölften Jahrhundert bleiben können. Und nun, im einundzwanzigsten Jahrhundert, konnte sich die Erde nicht abkapseln; nicht, ohne sich nach innen zu wenden und schließlich zu sterben.

Ich werde dieses Rennen nicht verlieren, wenn ich es vermeiden kann, dachte Ayid. Corcoran hat recht. Ich muß es gewinnen, und mit Allahs Hilfe werde ich es schaffen. Und die M'zab, sein Stamm, mit seiner eigensinnigen Ablehnung jeden Fortschritts? Er beschloß, nicht gerade jetzt darüber nachzudenken.

Seit einigen Minuten hatte Ayid rätselnd in die Höhe geschaut. Ein riesiger Schatten breitete sich drohend über ihm aus. Er rannte weiter, und als sich der Nebel lichtete, konnte er allmählich erkennen, was vor ihm war.

Es war ein Berg. Er ragte aus der Ebene empor wie ein starker Mann mit ausgebreiteten Armen. Er war so hoch, daß Ayid seinen Kopf zurückbeugen mußte, um die Spitze zu sehen. Zuerst hoffte er, daß die Spur rundherum führen würde. Dann sah er das grüne Licht weit oben leuchten, bereits auf einem Viertel der Höhe der enormen graugrünen Flanke.

Ein Berg, Ayid? Du kannst doch keinen Berg schaffen, mein Freund! Nicht nach dreißig Kilometern, einem Schreck und einem Schlag in die Seite.

Aber er beachtete sich nicht. Er lief gut, wahrscheinlich besser, als er je zuvor gelaufen war. Die Angst, der Zorn, der endgültige Wille zum Sieg lösten in ihm eine Flut von Energie aus, die alle Müdigkeit hinwegschwemmte. Er hatte den toten Punkt überwunden.

Schon ging es aufwärts. Zuerst verringerte er das Tempo nur leicht, doch der Weg stieg an.

Ihm wurde warm, als er die Steigung erklomm. Die Hitze der prallen Sonne wurde von dem grau-sandigen Pfad zurückgeworfen, schien ihm unter die Haut zu dringen, ins Gesicht, verschmolz mit dem Schweiß, der Arme und Beine bedeckte. Er spürte, wie ihm der Schweiß wieder ausbrach und wischte sich mitten im Schritt über die Stirne. Schwitzen war wichtig — es kühlte den Läufer; zuviel davon konnte ihn aber unter den Achseln, an Leisten und Schenkeln aufreiben, ja völlig wund machen. Bis jetzt jedoch fehlte ihm nichts.

Der Pfad wurde schmaler, der Untergrund felsig. Er mußte in das lebende Gestein eingeschnitten worden sein, in zahlreichen Kehren aufwärts führend. Er konnte sich nicht vorstellen, wie die Chircurgi oder die Dheli, wer immer die Strecke geplant hatte, den Fels bearbeitet hatten. Die Härte erschütterte ihn mit jedem Schritt bis in die Augen, und in seinem rechten Knie spürte er warnende Stiche. Er hob die Fersen ab, die Belastung auf Zehen und Waden verlegend. Trotzdem war jeder Schritt eine Erschütterung für seine Beine.

Es wurde noch heißer. Die Sonne, hoch am Himmel, ergoß sich mit ihren blauen Hitzestrahlen in den schmalen Einschnitt.

Er machte kleine Schritte, wurde langsamer. Ihm war, als käme er kaum zentimeterweise weiter, wie eine Fliege, die die Bordwand des Raumschiffs erklomm, das ihn von der Erde ins All getragen hatte. Welches Maß an Entfernung, an Energie! Und hier mühte er sich ab, um einen nackten Fuß vor den anderen zu setzen. Er lächelte fast.

Er nahm die nächste Kehre, und der Weg wurde noch steiler. Er neigte sich zum Hang, die Zehen an den Felsen gekrallt. Die Spur schien gleich oberhalb am blauen Himmel zu enden, und er plagte sich dankbar hinauf, aber es war nur die nächste Kehre. Und der grüne Funke stand noch viel weiter oben. Eigensinnig senkte er den Kopf und lehnte sich zum Berg.

Seine Waden und Schenkel, die schon auf der Ebene müde gewesen waren, begannen ernsthaft zu schmerzen. Er schwang die Arme, aber das brachte ihn nicht rascher vorwärts. Nicht einmal seine Atmung, laut zwischen den Felsenwänden, brachte in dieser dünnen Luft eine Erleichterung. Bleierne Schwere legte sich auf seine Brust.

Wieder eine Kehre. Verbissen bewältigte er sie. Wie weit noch? Wie hoch? Er wußte es nicht. In Nebelschwaden gehüllt, schien die Ebene unter ihm so weit entfernt, als sei er im Begriff, den Planeten zu verlassen. Und er hatte Schmerzen. Wie schwere, heiße Metallklumpen saßen sie tief in seiner Brust, in seinem Mund mit dem vertrocknenden Speichel, in seinen Beinen. Jeder Schritt schnitt wie ein Messer hinauf in seinen Schädel, bis der dumpfe Rennen-Kopfschmerz einsetzte. Sein Verstand reagierte auf die Fakten in seinem Körper:

Das schaffst du nicht. Mußt stehen bleiben, ausruhen.

Ich schaffe es.

Das kannst du nicht. Dein Knie hält das nicht aus.

Es kann nicht mehr weit sein. Halt durch! Kein einzeln stehender Berg kann sehr hoch sein.

Vielleicht auf der Erde. Das ist nicht die Erde. Im Namen des Propheten, bleiben wir stehen und ruhen wir uns einen Moment aus. Es ist niemand hinter uns.

Es ist jemand hinter uns. Wir haben ihn auf der Ebene gesehen. Und jetzt muß er hinter uns am Berg sein. Tseil Laol? Aia Maior? Oder Southren? Ist doch egal. Wir müssen weiter. Halt du lieber die Klappe und hilf mir laufen.

Noch eine Kehre. Sie enttäuschte ihn furchtbar. Bei jedem Schritt mußte er jetzt den Fuß heben, und manchmal rutschte er aus, schürfte sich die Haut an den Zehen oder an der weichen Seite des Fußes ab. Er spürte es kaum. Hinauf, hinauf. Sein Atem rasselte. Plötzlich wurde der Pfad so steil, daß er nicht mehr geradeaus laufen konnte. Er mußte seine verletzten Füße seitwärts aufsetzen, sich bei jedem Schritt hochziehen. Das Tempo wurde qualvoll langsam. Plötzlich gaben seine Lungen, sein Kopf, die Beine alle zugleich Alarm. Er bewegte sich noch vorwärts, aber es war eher ein Gehen. Jeder Schritt war ein Triumph des Willens. Die Schmerzen in den Beinen, in Kopf und Rücken waren verschwunden, waren untergegangen in dem verzweifelten Schrei des ganzen Körpers. Er war stumpf wie Blei. Aber er bewegte sich. Hinauf. Wieder eine Kehre.

Sein Magen wurde längst nicht mehr durchblutet. Er hatte sich abgeschlossen, wie eine Faust zusammengezogen und drückte das Blut hinaus zu den angestrengten Muskeln. Jetzt schnitt sein Körper andere Anforderungen ab. Für einen Moment verlor er das Bewußtsein, schnellte aber wieder hoch, als er gegen den Felsen stolperte. Noch ein Schritt. Die Welt war nur mehr Schmerz, und er fühlte ihn mit voller Wucht. Noch ein Schritt, noch ein Schritt.

Die Steigung endete, er stolperte wie ein Clown über die eigenen Füße, und er fiel zu Boden. Da lag er, die kühle wunderbare Horizontale umarmend, während rotglühende Messer in seinen Lungen ein- und aussägten. Nach einer Weile konnte er taumelnd aufstehen.

Es war doch kein gewöhnlicher Berg. Es war ein Vulkan — oder einer gewesen. Zu seiner Linken befand sich der Krater aus grauem Gestein, in seiner Tiefe ein paar Bäume und dazwischen ein Glanz von qualvoll verlockendem Wasser. Zu seiner Rechten lag das weite Land, das er durchquert hatte. Die Nebelfetzen lagen wie Schafwolle über der roten Ebene. In der Ferne konnte er den dunkelglänzenden Wald erkennen, und jenseits, schon unklar im schimmernden Dunst der Hitze, die sanften Hügel, hinter denen er die Laufbahn wußte. Einen Augenblick lang sah er noch weiter im Hintergrund ein jähes Glitzern am Himmel: ein Raumschiff, das den Hafen Olympia verließ, um die Erde oder einen der dhelischen Planeten anzufliegen.

Der Gedanke an Terra brachte ihn wieder zu sich. Er war Ayid Hafouz, lief das letzte Mediale Rennen, und so weit er feststellen konnte, führte er. Er mußte die Führung behalten. Vorsichtig begann er den Abstieg.

Viel leichter. Die Neigung war hier flach, der Pfad führte ohne Kehren über einen sanften Rücken aus rauhem, vulkanischem Gestein, das irgendwie geglättet und mit einem schmalen Belag aus Sand versehen worden war. Er fühlte sich labberig, wie Wasser, und während der kurzen Pause waren seine Gelenke steif geworden. Aber er streckte die Beine und versuchte auf den geraden Stellen wieder zu beschleunigen. Es können nicht mehr als zwölf Kilometer sein, dachte er. Gute fünfundvierzig Minuten zu laufen. Der Berg mußte die dritte Prüfung gewesen sein. Eine rein physische. Jetzt müßte es nur mehr ein glatter Lauf bis zum Ziel sein.

Er wunderte sich wieder, wieso er von Corcoran nichts mehr gehört hatte. Hier draußen, hoch oben, befand er sich beinahe in Sichtlinie zur Laufbahn, aber hinter seinem linken Ohr war nur Stille. Solche Stille, daß er, übertragen von seinen Knochen, ein unheilvolles Klicken von seinem rechten Knie hören konnte. Es war jetzt etwas kühler, und er spürte eine leichte Brise im Gesicht, als er keuchend abwärts lief. Die Wasserreserven seines Körpers waren längst verbraucht. Sein Mund war trocken, und sein Kopf schmerzte. Er zwang sich den Pfad entlang, ließ sich von der Schwerkraft hinunterziehen, in die Tiefe schleppen. Als er die Ebene erreichte, wurde er langsamer, blieb beinahe stehen, dann schüttelte er sich und trabte müde weiter.

Noch zehn?

Es lag jetzt etwas dunklerer Sand auf der Spur, der allmählich fast schwarz wurde, wie die Ebene auf dieser Seite des Vulkans. Die leichte Brise hatte aufgehört, und bald lief er keuchend durch einen glühenden Hitzevorhang. Die Luft flimmerte, der grüne Stern tanzte vor ihm, verdoppelte und verdreifachte sich wie eine Fata Morgana. Es strengte Ayid an, ihn im Auge zu behalten. Der Horizont schien sich langsam um ihn zu drehen . . .

Seine Knie gaben nach, er sank in den Sand. Brennend heiß war dieser schwarze Sand, und Ayid wunderte sich, daß seine Sohlen nicht versengt waren. Etliche Minuten lag er da, dann versuchte er aufzustehen. Der fünfte oder sechste Versuch gelang, und er stolperte wieder vorwärts. Leuchtendweiße Streifen, wie aus langsam fallenden Sternen, bewegten sich am Rand seiner Sicht. Weiter, weiter. Er wußte weder wie schnell er lief noch wie die Zeit verstrich. Immer schon war die blau-weiße Sonne über ihm gewesen, seine geschwollene Zunge hatte ihn schon immer am Schlucken gehindert. Aber vor ihm tauchten langsam die grünen Hügel am Horizont auf.

Da . . . ein dunkler Streifen zwischen ihm und den Hügeln, der schnell breiter wurde, als er sich näherte. Er verlief von links nach rechts, quer über den Weg. Als er ihn erreichte, stand eine menschliche Gestalt auf, langte nach ihm und packte ihn plötzlich an den Beinen, um ihn knapp vor dem Rand herunterzuziehen. »Entschuldige«, sagte Tseil Laol, »aber ich dachte, du würdest direkt hineinlaufen.«

Ayid lag flach am Boden, schob das Kinn über den Rand und blickte in eine tiefe Schlucht. Ein mächtiger Strom mußte einst dort unten geflossen sein. Vielleicht sogar, bevor die Dhelier diesen Planeten seiner dem Untergang geweihten Sonne entrissen und ihn durch das All hierher gewirbelt hatten. Aber jetzt war das Flußbett beinahe trocken, und fünfzig Meter unter ihnen glänzten glatte Felsblöcke. Er drehte sich mit Schmerzen auf den Rücken und schaute hoch zu dem großen Dheli.

Laols Gesicht war blutig. Ein langer Schnitt klaffte an der Stirn. Es sah aus, als hätte er das Stadium der Erschöpfung längst überschritten. Seine Fingerspitzen waren zerschunden, die Füße geschwollen und voll blauer Flecken. Er erriet Ayids unausgesprochene Frage und versuchte ein Lächeln. »Ja, ungefähr so schlimm, wie du aussiehst. Ein leichtes Rennen war es nicht.«

»Wie . . .« Es war mühsam, laut zu sprechen. »Wie lange wartest du schon hier?«

»Nicht lange. Ich sah dich hinter mir den Berg hinaufgehen. Du hast nicht aufgeschaut.«

»Nein«, sagte Ayid. Er blickte in den Abgrund. »Ist das noch eine Prüfung?«

»Das dürfte nicht sein.« Ayid zog die Brauen zusammen. »Nicht nach konventionellen Regeln. Es waren drei Hindernisse angesagt, und alle müssen zu bewältigen sein. Das ist hier nicht der Fall. Es sind die Chircurgi. Ihre Absicht ist klar genug. Beide humanoide Rassen sollen einen schlechten Eindruck hinterlassen . . . wir besonders. Ayid, mein armer menschlicher Freund, es gibt viel Eifersucht, sogar innerhalb der Zentral-Welten.«

Ayid setzte sich auf und betrachtete das Hindernis genauer. Ein beinahe kerzengerader Schnitt durch die schwarze Wüste, dessen Böschungen aus übermannshohen glattgewaschenen Felsblöcken senkrecht bis zu dem fast trockenen Flußbett abstürzten. Weder in nördlicher noch südlicher Richtung konnte er einen Weg sehen, der nicht wieder über den Berg geführt hätte.

»Vielleicht könnten wir eine Brücke machen?«

»Zu breit. Ich habe überall nachgesehen. Kein Baum, keine Schlingpflanze, nichts als Felsen.«

Sie schauten einander an. Ayid wartete, dann merkte er, der Dhelier wollte, er möge zuerst sprechen.

»Ich lasse dich hinunter«, sagte er.

»Willst du erst ein bißchen rasten?«

»Ja, gut.«

Als er wieder bei Atem war, begannen sie den Abstieg. Ayid legte sich flach hin, umfaßte fest Laols zerbrechlich anmutendes Handgelenk, und dieser schob sich bäuchlings über den Rand. Er fühlte, wie er langsam in die Schlucht gezogen wurde, während der andere nach einem Halt suchte. »Laß los«, sagte Laol endlich.

Ayid öffnete die Hand, und die des Dhelis verschwand über die Böschung.

»Alles in Ordnung?«

»Ja, komm nach! Steig auf meine Hände und laß dich heruntergleiten. Ich werde dich auffangen.« Ayid schürfte sich die Haut an den Oberarmen ab, aber er stand auf einem Felsenriff, etwa drei Meter weiter unten. Er schaute Laol an, der keuchte. Der Dhelier sah schlimm aus, aber seine Augen waren ruhig. »Du bist dran«, sagte er und hielt ihm die Hand hin.

Mühselig kletterten sie hinunter, von Vorsprung zu Vorsprung, von einem Felsbrocken zum nächsten. Tseil Laol schlug sich an einer vorstehenden Stelle die Wunde am Kopf wieder auf, und Blut rann ihm in die Augen. Mit dem Handrücken wischte er es ab, und Ayid ließ ihn wieder ein Stück hinunter. Sie waren beinahe unten, Ayid war an der Reihe, sich über den nächsten Felsen zu schieben. Sie rasteten kurz, beide schweratmend. Dann nickte Ayid. »Fast am Ziel.«

Laol hielt ihm die Hand hin, er nahm sie und ließ sich über den Felsen gleiten. Er hing hilflos, flach an den Stein gepreßt, und suchte mit den Beinen. Kein Riff, kein Vorsprung, keine Spalte. Er konnte das Flußbett sehen, aber es war zu weit, um sich fallenzulassen, und das Gestein dort unten sah grausam aus. Nein, hier konnten sie nicht hinunter. Das Schultergelenk schmerzte, als würde ihm der Arm ausgerissen.

»Zieh mich hoch!« rief er.

An seinem Arm wurde gezogen, aber er kam nur um etliche Zentimeter höher. Er spürte, wie die Finger von seinem Handgelenk zu gleiten begannen. Das Blut hatte Laols Hand glatt und rutschig gemacht. »Laol, hol mich doch!« schrie er heiser, in die Schlucht hineinblickend.

»Ayid . . .« Etwas rutschte. Ayid drehte sich im Fallen kurz in der Luft. Er spürte, wie sein rechtes Bein am Knie nach außen knickte, er hörte ein furchtbares Reißen und Knirschen, als Bänder und Knorpel nachgaben. jemand schrie. Es hallte von den Wänden wider.

»Ayid, hast du dir wehgetan? Du bist mir aus der Hand geglitten.«

Er lag da, sein Bein betrachtend. Es schmerzte gar nicht. Er schaute hinauf und sah Laols besorgten Blick. »Ich weiß nicht. Ich glaube, es ist etwas mit meinem Bein. Klettere ungefähr fünf Meter nach rechts, dann kannst du dich herunterhängen lassen und springen.«

Der Dheli tastete sich vorsichtig hinab, an beiden Armen hängend, und ließ los. Er mußte sich etwa zwei Meter weit fallen lassen, dann schlug er auf und rollte sich ab. Ayid stand auf und belastete das Bein. Eigenartig. Dieses furchtbare Geräusch. Aber er konnte stehen. Laol kam zu ihm herüber. »Es tut mir leid, daß ich dich fallen ließ. Ist dir nichts geschehen?«

»Ich denke nicht«, sagte Ayid. Er hörte ein leises Glucksen. Er und Laol sahen beide zur Mitte des Flußbettes. Da rieselte ein winziges Bächlein. Er humpelte hin und beugte sich nieder. Es war Wasser. Er nahm eine Handvoll, roch daran und trank. Wasser in der Wüste war ihm etwas Bekanntes. Sand knirschte zwischen seinen Zähnen. »Es ist gutes Wasser«, sagte er. »Komm, ich wasche dir den Schnitt aus.«

Behutsam ließ er das trübe Naß über das Gesicht des Dhelis rinnen. »Tut es nicht weh?«

»Das muß man nicht zeigen.«

Ayid nickte zufrieden. »Das sagt man bei meinem Stamm auch.«

»Bist du sicher, daß dieses Wasser in Ordnung ist?«

»Ja.«

Laol schlürfte ein paar Schluck und spuckte aus. Ayid machte es ebenso und bespritzte sich Kopf und Brust. Es trocknete schnell und erfrischte angenehm.

»Wollen wir jetzt hinaufklettern?« fragte Tseil Laol.

»Ja, los.«

Einmal während des Aufstiegs, wenige Meter vor der Böschung, als Ayid einen Halt für seinen Fuß sah, den er allein hätte benützen können, war er versucht, sich nicht umzudrehen, und den Dheli zurückzulassen. Für die Erde, Ayid? Ob ich ihn hierlasse und weiterlaufe — für die Erde?

Der Entschluß war schnell gefaßt. Ayid kniete nieder, verankerte sich fest und reichte dem anderen zitternd die Hand hinunter. »So. Komm herauf«, sagte er.

Oben sahen sie einander einen Augenblick lang tief in die Augen. Zwischen ihnen und der Bahn lag nur mehr der niedrige Hügel.

Ohne ein weiteres Wort drehten sie sich um und begannen zu laufen.

Jetzt müssen wir zwei es entscheiden, dachte Ayid. So soll es sein. Nur so kann das Rennen enden.

Die grüne Flamme stand über der Kuppe des kleinen Hügels. Dahinter wußte er den Abhang, den entscheidenden Kilometer vor den Augen der Menge, in Sicht der Holokameras, der gefüllten Ränge, Corcorans. Und als hätte dieser Gedanke den Trainer zurückgerufen, hörte er ihn wieder, leise zuerst, aber schnell lauter werdend.

»Weiß nicht, ob du mich hören kannst ... Blutzucker weit unter kritisch ... Blutwerte gestört ... Po-xiang meint, du seist verletzt ... furchtbar verspätet, aber Herztätigkeit zeigt, daß du noch läufst ... Niemand ist bis jetzt im Ziel ... wir feuern dich weiter an, Junge!«

Es war nur eine sanfte Steigung, aber der Schmerz war ärger als am Berg. Kein Gefühl mehr in seinen Beinen. Der Kopfschmerz ein rötlicher Nebel mit feurigen Pfeilen. Die Leisten wundgerieben, ein lautes, Übelkeit erregendes Knirschen in seinem Knie.

Und Laol zog langsam, langsam vor. Er sah, daß der Dhelier

lief, so schnell er konnte, aber es war kaum mehr als ein schnelles Gehen.

Er war etwa zehn Meter voraus. Konnte er selbst nicht schneller? Konnte er sich nicht zum Überholen zwingen?

Sie erreichten die Kuppe. Plötzlich waren sie mit der Laufbahn und den Rängen konfrontiert. Es brach eine ungeheure Schallwelle über sie herein, die ihnen den Hügel herauf entgegendröhnte, während sie abwärts, abwärts strebten, dem grünen Flackern entgegen, das jetzt einen Kilometer vor ihnen stehengeblieben war.

»Junge! Du schaffst es! Mensch ... wie siehst du denn ... was war nur da draußen? Macht nichts, du schaffst es! Du bist bei ihm geblieben!«

Richtig, Trainer, dachte er.

»Er ist nur ein paar Meter vor dir. Du kannst ihn leicht einholen. Jetzt ist der Moment ... gib, was du kannst!«

Da ist nichts mehr zu geben, Trainer. Ich weiß nicht einmal, ob dieses Knie, in dem es bei jedem Schritt lauter knirscht, mich überhaupt noch bis ans Ziel bringen wird.

»Bist kaputt, ich weiß, du bist völlig kaputt. Siehst böse aus. Aber du kannst ihn packen. Ayid, Junge, die Spritze. Nimm sie dir.«

Er lief, ohne Gedanken.

»Ayid, die Spritze!« Corcorans Stimme flehte in seinem Ohr. Schließlich drang sie durch. »Nimm sie!«

Seine Augen auf den Zielstrahl geheftet, der jetzt rötlich am Ende der Geraden sichtbar wurde, gehorchte er. Das Klebeband ließ sich leicht von seinem Arm abziehen. Die Spritze war warm und feucht von seiner Haut.

»Setz sie an! Drück sie gegen den Arm!«

Blind vor Schmerz sah er nur noch das Ziel. Er sah nicht Laols schwankende Gestalt vor sich, nicht die aufdringlichen Holokameras, nicht einmal die blauweiße Sonne. Erst als er zu seinem Arm blickte, um die Spritze anzusetzen, wurde ihm bewußt, was es war. Mit einer schwachen Bewegung warf er sie fort. Sie sprang eimal hoch, rollte, und dann war er vorbei. Keine Energie mehr. In seinem ganzen Körper war kein Quentchen mehr. Er sackte ab.

»Ayid, Ayid, du hast nicht . . .«

Aber er hatte doch, und jetzt konnte er nicht mehr laufen. Er blieb stehen, stand unsicher da und begann in sich zusammenzusinken.

»Geh wenigstens. Geh! . . . Verdammt . . . blöder Araber!«

Ein letzter kleiner Funke aufflackernden Zorns kam ihm zu Hilfe. Er fing den Fall ab, daraus wurde ein Taumeln, aus dem Taumeln eine vorhüpfende Bewegung, dann ein Schritt. Haß gegen den rotgesichtigen Amerikaner. Wieder ein Schritt. Ein bißchen schneller. Blöder Araber. Wie das Knie jetzt schmerzt. Hundert Meter vor sich sah er, wie Tseil Laol den Strahl durchschnitt und die dhelischen Sektoren in Jubel ausbrachen. Der rothaarige Läufer hob einen Arm, dann fiel er zu Boden. Ayid schwankte weiter. Nur mehr ein paar Schritte. Die Sonne war rot, nicht blau. Noch ein wenig.

Er wankte durch den Strahl, drehte sich um die eigene Achse und brach neben Tseil Laol zusammen. Er sank nieder, in sich selbst hinein, in das Nichts hinter seinem Verstand. Dann wurde sein ganzer Körper kalt, und er spürte den Stich einer Injektionsnadel seitlich am Hals. Er schnappte nach Luft und begann zu schluchzen.

»Gut«, sagte ein vage bekanntes orientalisches Gesicht, das vor ihm schwankte. »Du hast einige Sekunden zu atmen aufgehört. Wie geht es dir?«

»Knie«, keuchte er. »Rest . . . in Ordnung. Seht nach Laol!« Gierig schluckte er etwas Süßes, das man ihm an die Lippen hielt.

»Er hat seine eigenen Ärzte.« Eine grobe, laute Stimme: Corcoran. »Wie geht's ihm?«

»Er sagt gut, außer dem Knie.« Po-xiang bückte sich, um das Knie zu untersuchen. »Es ist kaputt, Jerry. Die inneren Bänder sind gerissen, und die Kniescheibe ist verschoben. Ich verstehe nicht, wie er es überhaupt geschafft hat, wenn nicht durch den Schock.«

Ayid sah hinunter, und Angst überkam ihn. Seine Schenkel waren von den aufgeriebenen Leisten blutig, aber das Knie sah am übelsten aus, verschwollen und blau.

»Halten Sie uns diese Holo-Leute vom Leib!« herrschte er jemanden an. »Er ist verletzt.« Zum erstenmal sah er Ayid ins Gesicht. »Na ja, wenigstens hast du durchgehalten. Aber die Chance einfach so wegzuwerfen . . .«

»Ja.« Ayid wischte sich den Schweiß und die unfreiwilligen Tränen aus dem Gesicht. Po-xiangs Hände waren sanft, aber jetzt begann der Schmerz von dem zerschlagenen Knie Schock und Adrenalin zu durchdringen. »Ich denk, ich bin erledigt. Fertig.«

Corcoran antwortete nicht. Plötzlich sah er alt aus. Alt und geschlagen. »Ja«, sagte er endlich. »Wir sind beide erledigt. Das war das letzte Rennen.«

»Mr. Corcoran?«

Sie hoben die Köpfe. Es war Tseil Laol. An seiner Stirne war ein feiner roter Strich zu sehen, wo der Schnitt gewesen war. Sein Haar war naß. »Gutes Rennen«, sagte Corcoran nach einigen Augenblicken.

Laol nickte, aber er schaute zu Ayid. »Ich höre, daß er verletzt ist.«

»Das Knie ist zerschlagen. Er wird wieder laufen — mit der Zeit —, aber nie mehr so weit«, erklräte Po-xiang. »Ihnen geht es gut?«

»Nur müde. Ich wollte sehen, ob ich helfen kann.«

»Wir kümmern uns schon um ihn«, brummte Corcoran.

»Vielleicht kann ich doch etwas tun«, meinte Laol. Er beugte sich zu Ayid. »Du wirst wahrscheinlich nicht wieder nach Olympia kommen?«

»Nein.« Ayid schluckte. In ihm war eine Stimme aus seiner Vergangenheit, sein Vater: Ein M'zab zeigt keine Gefühle, selbst im Augenblick des größten Schmerzes. »Höchstens als Zuschauer. Und ich bin arm . . . vielleicht nur per Holo.

Aber ich werde wiederkommen.«

Laol richtete sich auf und schaute Corcoran an. »Denda Lai sah, was Ayid zum Schluß tat. Wir wissen natürlich, daß es Drogen gibt. Und daß Erdenmenschen den Sieg um jeden Preis wollen. Er hätte mich wahrscheinlich schlagen können, aber er zog es vor zu verlieren. Er wählte den Weg der Sportlichkeit, den Weg des *Dalanai.*«

Corcoran sah ihn scharf an.

»Also . . .« Laol drehte sich mit dem Gesicht zu den Kameras und Journalisten, die plötzlich wie durch Zauberei da waren. »Ich möchte eine alte dhelische Sitte geltend machen, die es erlaubt, den Sieg demjenigen abzutreten, der das größere Maß an *Dalanai* gezeigt hat. Bruder, es wäre mir eine Ehre, wenn du annimmst.«

»Ah . . .«

»Er nimmt an«, sagte Corcoran.

Es gab kaum etwas zu sehen, nachdem der blaubraune Kreis, der Olympia war, ein Opal auf Samt, zu einem fernen Licht zusammengeschrumpft war, das sich in einer Parallaxe zu den Sternen bewegte. Das Raumschiff erhöhte die Geschwindigkeit. Ayid lehnte sich zurück, rückte seinen Fuß zurecht — er hatte das Gipsbein auf einem kleinen Tisch hochgelagert — und kehrte zu seinen Gedanken zurück.

Hatte Tseil Laol die Wahrheit gewußt? Er hatte ihn zum Schluß Bruder genannt. Aber was konnte das Wort den geschlechtslosen, künstlich erzeugten Dhelis bedeuten? Laol sprach Englisch, das stimmte. Aber wie hatte er das Wort verstanden? Welchen seiner tiefen und dauerhaften menschlichen Zusammenhänge hatte er gemeint?

Wußte er, wußten die Dhelis von der Verwandtschaft ihrer beiden Rassen?

Es war müßig, darüber nachzudenken. Er war in jedem Sinn des Wortes aus dem Rennen. Aber zu den M'zab würde er nicht zurückkehren, das wußte er. Cocoran könnte ihn als Trainer ausbilden. Es würden neue Läufer nachkommen, denen die Beteiligung an den Medialen Ansporn sein würde. Und seine Erfahrung war dann wertvoll.

Irgendwie, dachte Ayid, war alles sehr gut ausgegangen. Eigentlich verdächtig gut. Wenn es mit Absicht geschehen war,

war es sehr klug ausgedacht. Die Erde, jetzt stolz auf beide Läufer, zeigte sich geneigt, den Zentralen Welten beizutreten. Neid und Mißtrauen gegen die Dhelier hatten sich bei den meisten Menschen in Bewunderung und Anerkennung gewandelt, und die Dhelier wiederum waren voll des Lobes über die menschliche Tapferkeit. Wenn das alles geplant war — man hätte es nicht geschickter machen können. Hatte Laol es geplant? Oder die Dhelis?

Wieder gab er keine Antwort. Aber trotz der Ungewißheit war er mit sich im Frieden. Er hatte in einem fairen Rennen sein Bestes gegeben. Er hatte ... wie war doch das alte Zeug, das Corcoran so gern zitierte ... ach, ja ...

Wenn jede Stund erfüllst mit ihrem Werte,
Daß keine je vergeblich dir verrann:
Dein ist mit allem, was sie trägt, die Erde
Und — mehr als das — mein Sohn, du bist ein Mann. *

Aus dem Amerikanischen übersetzt von Eva Brossmann

* Mit freundlicher Genehmigung entnommen aus: Rudyard Kipling, Gesammelte Werke, Bd. 3, erschienen im Paul List Verlag, München

Wolfgang E. Hohlbein

Frankenstein & Co

Hätte ich an diesem Morgen auch nur im entferntesten geahnt, was der Tag bringen würde, hätte ich mich wahrscheinlich in meinem Apartment verbarrikadiert oder einen Flugschein zum Pluto gelöst, anstatt wie jeden Tag ins Institut zu gehen. So aber ...

Sie haben sicher damals das ganze Fiasko über TRIVI verfolgt und wahrscheinlich genauso darüber gelacht wie alle anderen — warum auch nicht? Aber immerhin war ich damals derjenige, der den Großteil der Prügel einstecken mußte. Und ich meine, selbst — oder vielleicht gerade — nach einer so langen Zeit haben Sie das Recht, einmal über die Hintergründe der ganzen Affäre aufgeklärt zu werden.

Es begann ganz harmlos, so wie fast alle wirklichen großen Ereignisse ganz harmlos anfangen.

Als ich die weitläufige, altmodisch eingerichtete Empfangshalle des Instituts betrat, sah ich, daß ich bereits erwartet wurde. CI IV, unser Kybernaut, stand neben dem Fahrstuhlschacht und unterhielt sich mit dem Liftboy (unser Institut war nach außen hin schon immer etwas altmodisch). Als er mich sah, warf er alle acht Arme in die Luft, ließ den Fahrstuhlführer mit verdutztem Gesicht stehen und raste auf mich los. »Endlich«, kreischte er. »Wir dachten schon, du kommst überhaupt nicht mehr!«

Ich blieb stehen, machte ein ratloses Gesicht und sah demonstrativ auf die Uhr. Ich hatte mich um knapp drei Minuten verspätet.

Aber CI IV ließ mir keine Zeit, meiner Verwunderung in irgendeiner Form Ausdruck zu verleihen. Er packte mich am Handgelenk, wirbelte auf der Stelle herum und zog mich hinter sich her, ohne auf meinen Protest zu achten. Einen Moment lang sah es fast so aus, als wolle er mich die ganzen zweiundneunzig Etagen die Treppe hinaufschleifen, aber er begnügte sich damit, mich in die Liftkabine zu schubsen.

»Was — was ist denn los?« fragte ich, nachdem ich wieder zu Atem gekommen war.

»Wir haben ihn! Wir haben ihn!« kreischte er, wobei seine dünnen Metalltentakel durch die Luft zischten. Ich zog vorsorglich den Kopf ein und wartete darauf, daß sie sich verknoteten. »Wir haben ihn!« Außer diesen drei Worten und unverständlichem elektronischen Gekreisch war aus ihm nichts herauszubekommen.

Der Lift hielt an. CI IV packte mich erneut und spurtete los, in Richtung auf mein Büro.

Der Anblick, der sich mir bot, ließ mich den Ärger über den wildgewordenen Kybernauten augenblicklich vergessen.

Der Raum glich einem Hexenkessel. Sämtliche Computerterminals waren zu hektisch blinkendem Leben erwacht. Techniker in weißen Kitteln und Kybernauten hasteten durch den Raum, wedelten mit Papierstreifen oder hämmerten auf den Eingabe-Tastaturen herum, als gelte es, den Weltrekord im Programmieren zu brechen.

Renn, Boyd und Dawlin saßen am Konferenztisch. Papiere und überquellende Aschenbecher bedeckten die Platte in chaotischer Unordnung; eine Sektflasche kreiste.

Ich runzelte demonstrativ die Stirn. Ich habe nichts gegen Alkohol, im Gegenteil. Aber im Dienst . . .

Dawlin entdeckte mich als erster. Er sprang auf, stieß dabei den Stuhl um und schrie irgend etwas, das ich über dem allgemeinen Getöse nicht verstehen konnte.

Augenblicke später stürzte sich die ganze Meute auf mich. Natürlich versuchte jeder gleichzeitig, mir etwas zu erzählen. Und natürlich verstand ich kein Wort. Bis dahin war ich immer stolz auf meine Abteilung gewesen — sie war die einzige im ganzen Institut, die noch nie durch Disziplinlosigkeit aufgefallen war — und jetzt das!

Ich setzte meine Aktentasche mit bewußt langsamen Bewegungen auf den Boden, holte tief Luft und schrie aus vollen Lungen:

»Ruhe!«

Die Wirkung war erstaunlich — Renn, Boyd und Dawlin verstummten augenblicklich, CI IV einen Sekundenbruchteil später. Dafür sahen mich alle plötzlich mit einem derart verständnislosen Ausdruck an, als hätte ich chinesisch gesprochen oder sonst etwas.

»Vielleicht«, fragte ich mit erzwungener Ruhe, »ist jemand so gütig, mir zu erklären, was hier überhaupt vorgeht?«

Boyd schluckte. »A-aber, wissen S-sie d-denn nicht . . .«

»Nein«, sagte ich leise. »Ich weiß nicht.«

»Sie — Sie haben keine Nachrichten gehört?«

Ich schüttelte den Kopf. »Nein. Heute nicht, und auch gestern abend nicht. Warum? Kommen die Marsmenschen?«

Niemand lachte.

»Äh... wir... wir haben ihn...«, sagte CI IV zaghaft. Ich bedachte ihn mit einem Blick, der einem Voodoopriester Ehre gemacht hätte. »Wen? Den Kaiser von Mesopotamien?«

CI IV wich einen Schritt zurück und verknotete jetzt doch noch seine Arme. Die Kybernauten der CI-Serie gehören zu den am höchsten entwickelten Robomaten, und CI IV war mit einem Gefühlssektor ausgestattet, der es ihm sogar gestattete, so komplizierte Gefühle wie Angst zu verspüren. Im Moment schien er ihn zu gebrauchen . . .

»Also?« fragte ich. »Wen oder was habt ihr?«

»F — Franken — Frankenstein«, stotterte CI IV.

Für eine endlose Sekunde herrschte Schweigen. Dann griff ich nach dem Glas, das Renn in der Hand hielt, setzte es an und leerte es in einem Zug.

Und dann lag ich plötzlich in CI IVs Metallarmen, lachte und schrie und stimmte in den allgemeinen Jubel ein.

Ich Idiot.

»Setzen Sie sich, Walt.« Ciser deutete auf einen freien Stuhl und wartete, bis ich der Aufforderung nachgekommen war. »Sie wissen, warum ich Sie habe kommen lassen?«

»Sicher. Schließlich höre ich ja auch Nachrichten.«

Ciser lächelte zufrieden. Sein fettes Gesicht glänzte. Er fuhr sich mit einer affektierten Geste durchs Haar, lehnte sich zurück und begann mit den Fingerspitzen gegen seine Schneidezähne zu trommeln. Eine ekelhafte Angewohnheit.

»Sie wissen, welche Auszeichnung es für unser Institut bedeutet, daß ausgerechnet wir den Auftrag bekommen haben?« fragte er nach einer Weile. Ich nickte pflichtschuldig. Ciser war der Boß, und er konnte verdammt unangenehm werden, wenn man ihn spüren ließ, daß man nicht so dumm war, wie er glaubte.

»Ich habe Sie und Ihre Gruppe ausgewählt«, fuhr er fort, »trotz der Bedenken meiner Vorgesetzten. Ich hoffe, Sie werden das Vertrauen rechtfertigen, das ich Ihnen entgegenbringe, Walt.« Er beugte sich vor, setzte eine Verschwörermiene auf und sagte im Flüsterton: »Die anderen Institute warten nur auf einen Fehlschlag. Und den können wir uns auf keinen Fall leisten. Nicht bei dieser Sache. Sie wissen, wie lange wir auf die Freigabe gerade dieses Projektes gewartet haben.«

Ich nickte abermals. Und ob! Seit beinahe zwanzig Jahren, seit DEM FUND, warteten wir — und mit uns alle anderen Universitäten des Sonnensystems — darauf, daß Frankenstein endlich freigegeben wurde. Aber wahrscheinlich war es ganz gut, daß der Zentralcomputer sich dieses Buch bis zum Schluß aufgehoben hatte.

Eigentlich war es nur ein Experiment gewesen; zu Anfang. Eines unserer Tiefseeboote hatte vor zwanzig Jahren das Wrack eines Schiffes gefunden — eines Schiffes aus der Zeit VOR DER KATASTROPHE! Selbst heute erinnerte ich mich noch lebhaft an die Aufregung, die dieser Fund damals unter den Fachleuten hervorrief. Vieles von dem, was wir als gesicherte Tatsache angesehen hatten, mußte revidiert werden. Unser Weltbild aus der Zeit vor dem Zusammenbruch wurde auf den Kopf gestellt. Aber das war eigentlich nicht weiter verwunderlich. Es war nicht viel übriggeblieben nach dem Zusammenbruch. Und das wenige, was die Katastrophe überstanden hatte, war in den folgenden fünftausend Jahren verlorengegangen, ehe die Zivilisation langsam wieder auferstanden war. Das Erstaunlichste — und Wertvollste

— war DER FUND gewesen; eine kleine, harmlose Metallkiste, einer von den Behältern, in denen die Seefahrer des ersten Zeitalters ihre persönlichen Habseligkeiten aufbewahrt hatten.

Die Kiste war bis zum Rand mit Büchern gefüllt. Man stelle sich vor: echte, zum Teil sogar illustrierte Bücher, mehr als siebentausend Jahre alt! Die ersten realen Zeugen der alten Zeit.

In Fachkreisen war eine Revolution ausgebrochen.

Die meisten Bücher waren beschädigt, trotz Vakuum und absoluter Abgeschlossenheit zu Staub zerfallen, aber einige wenige waren erhalten geblieben und zum Großteil restauriert worden.

Wir begannen den Inhalt der Bücher zu analysieren und Teile des Geschehens nachzuvollziehen. Zuerst natürlich nur so für uns, aber dann kam jemand auf die Idee, das Ganze der Öffentlichkeit zugänglich zu machen, und in kurzer Zeit entwickelte sich die Sache zur beliebtesten TRIVI-Serie der letzten fünfhundert Jahre. Und beinahe zwangsläufig wurde ein Wettbewerb zwischen den verschiedenen Universitäten daraus.

Ich mußte mir ein siegesbewußtes Grinsen verbeißen, als ich an unseren letzten Auftrag dachte. Die Sache war schwer gewesen — schwerer als alles zuvor —, aber wir hatten es geschafft. Der Einfallsreichtum unserer Vorfahren versetzte uns dabei immer wieder in Erstaunen. Ihre technologische Entwicklung muß viel weiter gewesen sein, als wir immer geglaubt hatten. Selbst uns und unseren beinahe allwissenden Computern hatte es monatelanges Kopfzerbrechen bereitet, eine Methode zu finden, mit der man ein Unterseeboot mittels einer Dampfmaschine antreiben konnte — und dabei so erstaunliche Leistungen vollbrachte wie der legendäre Kapitän Nemo. Aber es hatte geklappt. Zwanzigtausend Meilen unter dem Meer war ein voller Erfolg geworden. Für die Wissenschaft und für uns.

»Also!« Cisers Stimme riß mich aus meinen Gedanken. »Ich verlasse mich auf Sie, Walt. Wann fangen Sie an?«

Ich stand auf. »So schnell es geht.«

»Also morgen.« Er nickte zufrieden. »Sie können jetzt gehen. Sicher haben Sie noch vieles mit Ihren Leuten zu besprechen.«

Es war gar nicht so einfach, einen geeigneten Ort zu finden. Sully — oder Shelley oder wie der Verfasser der Frankenstein-Dokumentation hieß (der Einband war zerfallen und konnte nicht mehr rekonstruiert werden, so daß wir bei dem genauen Namen auf Vermutungen und Hinweise aus anderen Büchern angewiesen waren), schrieb ausdrücklich einen alten, von Spinnen und Fledermäusen bewohnten Turm vor. Renn, der Perfektionist, bestand natürlich auf einer möglichst getreuen Kopie. Aber ich konnte ihn mit viel Mühe überzeugen, daß ein Turm allein ausreichen würde. Fledermäuse und Spinnen dienten wohl nur zur Auflockerung der Atmosphäre, so daß wir getrost darauf verzichten konnten. Ganz davon abgesehen, daß niemand wußte, was eine Fledermaus war.

Es gab keine mehr.

Aber es gab auch keine alten Türme mehr. Wir durchforschten sämtliche Register der Computerbibliothek, ohne auch nur ein annähernd geeignetes Gebäude zu finden. Schließlich machte Renn den Vorschlag, einen Turm zu bauen. Er drängte sich immer in den Vordergrund, wenn es darum ging, sich Arbeit aufzuhalsen. Vielleicht konnte ich ihn deswegen nicht leiden — aber das gehört nicht hierher ... Wir machten also einen geeigneten Berg ausfindig, ließen das darauf stehende Observatorium abreißen und einen Turm errichten.

Ich muß sagen — er war uns gelungen. Selbst ich konnte ein Schaudern nicht unterdrücken, als ich eine Woche später das Gebäude besichtigte — einen riesigen, finsteren Steinturm, aus groben Blöcken zusammengefügt und absolut schwarz. Irgendwie war es den Technos gelungen, dem Gebäude das Flair von etwas Fremdem, Unheimlichem zu geben — ohne dabei zu dick aufzutragen. Eine breite, morsche Holztreppe führte hinauf ins Labor unter dem Dach. Wir gingen hinauf, begleitet von einem feierlichen Gefühl und den lautlosen Aufnahmekugeln der TRIVI — und dem Wissen, daß von nun an die Blicke von achthundert Milliarden Menschen im gesamten Sonnensystem jede unserer Handlungen verfolgen würden. Ein unangenehmes, aber gleichzeitig prickelndes Gefühl.

Das Labor war vorbereitet. Leider hatte Sully — oder Sally — uns nicht viele Hinweise über die genaue Funktion der Apparaturen hinterlassen, so daß die gesamte Anlage mehr oder weniger neu erfunden werden mußte. Aber wir hatten ja die leistungsfähigsten Computer der Menschheitsgeschichte zur Verfügung — und wir wußten genau, wonach wir suchten.

Diese Vorteile hatten unsere Altvorderen nicht. Ich konnte nicht anders — beim Anblick der komplizierten Geräte, des sinnverwirrenden Durcheinanders von Drähten und Schläuchen und Kabelverbindungen und Glasbehältern, der mächtigen Kupfersäulen, die von der Decke hingen, packte mich Ehrfurcht. Unter den primitiven Verhältnissen, die damals herrschten, mußte es eine ungeheure Leistung gewesen sein, eine solche Anlage zu ersinnen und zu bauen. Die Kühnheit des Gedankens erschreckte mich fast. Leben aus der Retorte — das war nichts Neues. Aber Tote wieder aufzuwecken, einen einmal Gestorbenen nach Jahren wieder ins Leben zu rufen — statt nach ein paar lächerlichen Wochen, wie bei uns — den Tod endgültig zu besiegen . . . das ewige Leben . . . Sie hatten etwas geschafft, wovon selbst unsere kühnsten Wissenschaftler vor ein paar Jahren nur geträumt hatten. Warum hatten sie nach einem einzigen Fehlschlag aufgegeben?

Ich schüttelte den Gedanken ab und machte mich an die Arbeit. Bald würden wir wissen, wie sich unsere Vorfahren gefühlt hatten, was es bedeuten mußte, den Schlüssel zur Ewigkeit in Händen zu halten.

›Walt?‹ Cisers Stimme wisperte in meinem Kopf. ›Alles in Ordnung?‹

Ich nickte unwillkürlich. ›Ja‹, telepathisierte ich zurück. ›Sobald es dunkel ist, können wir anfangen. Wann kommen die Leichenteile?‹

›Die Organbank liefert in einer halben Stunde — jedenfalls haben sie das versprochen. Das Gehirn bereitet noch Schwierigkeiten.‹

›Wieso?‹

›Sie haben so etwas noch nie hergestellt‹, gab Ciser zurück. ›So etwas wurde noch nie benötigt. Aber ich denke, sie werden es schaffen.‹

›Okay — Ende.‹

Ich setzte mich in eine Ecke, lehnte mich gegen die Wand und genoß für einen Moment die kühle Glätte des nackten Gesteins. Sowie es dunkel wurde, würde es losgehen.

Die Sonne versank mit einem letzten Aufflackern von Rot und Orange hinter dem Horizont. Gleichzeitig schob sich eine schwere dunkle Wolkenbank über die Gipfel der nahen Berge.

»Die Gewitterfront«, murmelte Renn.

Ich nickte. »Die Jungens von der Wetterkontrolle sind pünktlich.«

Renn lachte leise. »Wahrscheinlich hätten sie auch die Planetendrehung angehalten, wenn es nötig gewesen wäre«, meinte er. Er trat an die brusthohe Mauer, die die Plattform auf der Turmspitze abgrenzte, stützte sich darauf und sah in die Tiefe. »Ich bin selbst ganz aufgeregt. Ob es klappt?«

»Keine Ahnung«, murmelte ich. »Die Computer sagen zwar ja — aber du weißt, was ich von den Vorhersagen dieser Blechidioten halte . . .«

»Blechidioten?« echote eine Stimme hinter mir.

Ich drehte mich um. CI IV war uns unbemerkt gefolgt, und natürlich hatte er unsere Unterhaltung belauscht. Seine Antennen zitterten empört, und in seinen trüb-roten Kristallaugen flackerte elektronische Wut. »Ein Computer besteht aus hochwertigen Materialien«, deklamierte er. »In jahrelanger, sorgfältiger Arbeit zusammengesetzt, programmiert von Hochleistungsmaschinen und . . .«

»Schon gut, CI IV«, unterbrach ihn Renn. »Wir wissen, wie zuverlässig deine großen Brüder sind. Walt hat es nicht so gemeint.«

Ich grinste still in mich hinein. CI IV war ein hervorragender Arbeitskybernaut, der beste, mit dem ich je zusammengearbeitet habe. Aber wenn es um seine oder die Ehre seiner Kollegen ging, konnte er empfindlich reagieren. Und das artete dann oft in stundenlange Streitgespräche aus.

Renn deutete auf die wuchtigen Gebilde, die am Südrand der Plattform aufgebaut worden waren. »Wir haben keine Zeit für lange Streitereien. Der Sturm wird jeden Augenblick losbrechen. Wir müssen die Drachen starten.«

Ich nickte und folgte ihm. Die beiden Drachen waren große ekkige Gebilde aus Kunstseide und Draht, die an langen, unzerreißbaren Kupferdrähten aufgelassen wurden. Zusammen mit CI IV wuchteten wir die sperrigen Gebilde in die Startposition.

Als wir fertig waren, stand uns beiden der Schweiß auf der Stirn. Renn trat zurück und begutachtete unser Werk.

»Ein Glück, daß Shelley uns so genau beschrieben hat, wie das funktioniert.« Er deutete auf die dicken Drahtrollen, von denen armdicke Stromleitungen ausgingen. »Von selbst wäre ich niemals auf die Idee gekommen, elektrische Energie durch das Steigenlassen von Drachen zu gewinnen.«

Ich nickte wortlos. Renn hatte genau das ausgedrückt, was ich beim Anblick der zugleich primitiven und genialen Apparatur empfand. Natürlich hätten wir es einfacher haben können. Ein einziger transportabler Generator konnte leicht das Zehnfache an Energie liefern. Aber uns kam es auf eine möglichst getreue Rekonstruktion des Frankenstein-Experiments an; jede noch so kleine Veränderung konnte katastrophale Folgen haben.

»Du kommst allein zurecht?«

Renn machte ein zuversichtliches Gesicht. »Klar. Sobald der Wind einsetzt, lasse ich die Dinger hoch.«

CI IV und ich verließen das Dach. Boyd und Dawlin erwarteten uns bereits ungeduldig.

»Kann es losgehen?« fragte Boyd.

»Ja. Sowie der Sturm losbricht, läßt Renn die Drachen steigen — seid ihr soweit?«

»Immer«, entgegnete Dawlin aufgeräumt. Er deutete auf die schmale Metallpritsche, auf der unser Monster lag. Vom eigentlichen Körper war nichts zu erkennen, nur vage Umrisse unter einer dicken Schicht aus Tüchern und Binden, die das Konglomerat aus Körperteilen zusammenhielt.

»Prima«, flötete CI IV an meiner Seite. »Laß ihn hoch.«

Dawlin sah den Kybernauten verdutzt an, ehe er sich zögernd umdrehte und dem Befehl nachkam.

»CI IV«, begann ich wütend. »Vielleicht hast du vergessen, wer hier der Boß ist . . .«

Cisers telepathische Meldung unterbrach mich.

›Walt?‹

›Ja?‹

›Wie weit seid ihr?‹

›Fertig. Sobald die Drachen oben sind, geht es los.‹

Die gedankliche Stimme schwieg einen Augenblick. Dann fuhr Ciser fort: ›Okay. Ihr seid ab jetzt auf Sendung. Viel Glück.‹

Ich nickte unwillkürlich und bemühte mich, meinem Gesicht einen möglichst würdevollen Ausdruck zu verleihen. Immerhin verfolgten jetzt Milliarden Menschen auf neun Planeten jeden meiner Handgriffe.

Die TRIVI-Kameras, die bis jetzt untätig unter der Decke gehangen hatten, bewegten sich tiefer. Eine der faustgroßen Kugeln schwebte direkt auf Boyd los, der sich schwitzend und fluchend mit der quietschenden Winde abmühte, welche die Pritsche mit dem Monster in die Höhe wuchtete, wo die beiden Pole der Blitzfänger wie die Fühler skurriler Rieseninsekten aus der Decke ragten.

Wind kam auf. Ich hörte das Heulen und Winseln des Sturmes durch die dicken Mauern des Turms. Oben würde Renn jetzt die Drachen starten. Erregung packte mich. Es war soweit. Wenn weiterhin alles so gut ging wie bis jetzt, würden wir in wenigen Stunden die Antwort auf die älteste Frage der Menschheitsgeschichte haben — die Frage, ob der Tod wirklich unvermeidlich war.

Von oben ertönte ein grauenhafter Schrei. Boyd, Dawlin und ich standen eine Sekunde lang starr vor Überraschung und Entsetzen. Dann brach der Schrei ab, und eine Stille trat ein, die auf sonderbare Weise noch grauenvoller war als der Schrei.

CI IV reagierte zuerst. Er wirbelte herum und raste die Treppe hinauf. Ich folgte ihm, so rasch ich konnte.

Eine Windböe packte mich, als ich das Innere des Turms verließ. Ich stolperte, taumelte einen Schritt zurück und prallte gegen Boyd, der hinter mir auf das Dach drängte. Dawlin rannte von hinten in Boyd hinein und rettete uns so davor, die Treppe hinunterzufallen.

Aber wir verschwendeten keinen Gedanken daran. Der Anblick, der sich uns bot, war zu gräßlich, als daß wir außer Entsetzen überhaupt noch etwas anderes empfinden konnten.

Das weite Rund des Daches glänzte im schwachen Sternenlicht. Wind heulte um die Brüstung, fing sich in den Zacken der Mauerkrone und sang ein seltsames, melancholisches Lied. Und bis auf die schlanke Gestalt des Kybernauten, der reglos in der Mitte der Plattform stand und die Arme in verlegenen Gesten hin und her bewegte, war das Dach leer.

Renn war fort.

Wieder dauerte es Sekunden, bis einer von uns zu vernünftigem Handeln fähig war. Schließlich rappelte sich Boyd vom Boden auf und ging langsam zur Brüstung hinüber. Wir folgten ihm schweigend. Jeder von uns ahnte, was passiert sein mußte, aber keiner brachte den Mut auf, die Wahrheit auszusprechen.

Ich trat neben Boyd, stützte mich auf die glitschige Brüstung und lehnte mich vor, bis ich hinuntersehen konnte. Die wuchtigen Mauern des Turms fielen mehr als hundert Meter weit senkrecht in die Tiefe. Regen peitschte gegen die Flanken, ließ den Stein feucht aufglänzen und durchnäßte uns bis auf die Haut. Aber ich spürte nichts davon. Ich sah nur die Tiefe, diese schreckliche, leere Weite, die hinter der Brüstung gähnte, ein schweigendes Ungeheuer, das geduldig auf seine Opfer lauerte. Was passiert war, war klar. Renn mußte zu dicht an die Brüstung getreten sein. Ein plötzlicher Windstoß, ein unglücklicher Schritt auf dem schlüpfrigen Boden . . .

Grauenhaft.

Ich schloß für einen Moment die Augen und kämpfte mit den Tränen. Ich hatte mir immer eingebildet, Renn eigentlich nicht leiden zu können — aber man arbeitet kaum zweihundertfünfzig

Jahre mit einem Mann zusammen, ohne auch die guten Seiten an ihm kennenzulernen.

Und nun war er tot.

»Walt!«

»?«

»Walt! Hilfe!«

Die Stimme wurde fast vom Heulen des Windes verschluckt, und sie hörte sich an, als käme sie von . . .

»Waaaalt! Verdammt noch mal, Boyd! CI IV, Dawlin! Hilfe! Hiiilfee!«

Der Schrei kam von OBEN!

Unsere Köpfe flogen in den Nacken. Und da sahen wir es.

Die Drachen schwebten fast dreißig Meter über dem Dach, zwei kleine, im Toben des Orkans kaum auszumachende Farbtupfer, die am Ende ihrer Halteleinen sprangen und hüpften.

Und an einem von ihnen, mit den Beinen zappelnd und verzweifelt um Hilfe schreiend, hing Renn.

Wir mußten bis zum nächsten Abend warten, ehe wir den zweiten Versuch starten konnten. Zum einen, weil Renn sich von dem unfreiwilligen Abenteuer erholen mußte, zum anderen, weil Cisers Wutausbruch den Rest der Nacht in Anspruch nahm.

Im nachhinein konnte ich Renn nicht einmal böse sein. So wie er die Geschichte erzählte, hatte der Wind den Drachen gepackt und in die Luft gerissen, ehe er ihn loslassen konnte. Und als ihm klar wurde, was passiert war, befand er sich bereits über dem Rand des Dachs, hundert Meter über dem Boden.

Trotzdem war er jetzt hier unten im Labor, um mir zu helfen, und CI IV stand auf dem Dach, um die Drachen zu starten.

Es war alles bereit. Die Pritsche mit dem Monster hing unter der Decke, das Gewitter hatte auf die Minute genau eingesetzt, und die TRIVI-Kameras umschwirrten uns wie ein Schwarm aufgeregter Chrominsekten. Wie mir Ciser anschließend erzählte, hatten wir eine Rekordsehbeteiligung.

Wir waren alle bis aufs äußerste gespannt. Nach dem Fiasko

vom Vortage durfte nichts mehr passieren, wenn wir unseren guten Ruf nicht ganz verlieren wollten.

»Bereit?« fragte ich.

Renn nickte wortlos und beugte sich noch ein Stück weiter über die Schalttafel. Seit der vergangenen Nacht war er seltsam still geworden.

›Es kann losgehen‹, dachte ich.

›In Ordnung‹, antwortete Ciser. ›Ich gebe der Wetterkontrolle Bescheid, damit die Blitze anfangen.‹

Wir warteten. Zwei, drei Minuten lang geschah gar nichts, dann rollte der erste Donnerschlag durch die Luft. Wir starrten wie gebannt auf die Liege mit dem Monster, die zwischen den Elektroden unter der Decke pendelte. Ich spürte die gleiche Spannung wie am Vortage in mir aufsteigen. Selbst Renn, der den Blick den ganzen Tag lang nicht vom Boden erhoben hatte, starrte nach oben.

Und dann war es soweit.

Ein helles, metallisches Reißen peinigte unsere Ohren, ließ uns zusammenzucken und zauberte blaues Elmsfeuer unter die Decke.

»Gleich muß es pass . . .«

Die schwere Holztür, die den Durchgang zum Dach verschloß, wurde mit einem ohrenbetäubenden Krach aus den Angeln gerissen und fiel polternd zu Boden. In der Tür erschien ein dunkelrot glühendes Etwas. Und dann polterte CI IV kreischend und scheppernd die Treppe herunter. Funken stoben. Es stank durchdringend nach Ozon.

Der Kybernaut blieb am Fuß der Treppe liegen. Sein Körper glühte an verschiedenen Stellen hellrot und strahlte eine mörderische Hitze aus. Zwei seiner Metallhände waren zu schwarzen Stümpfen verkohlt. Er wimmerte leise und versuchte mir etwas zu sagen, aber alles, was er herausbrachte, war ein gurgelndes, helles Klappern, als hätten sich in seinem Innern verschiedene Zahnräder gelöst und klirrten durcheinander.

»Bäng!« machte Renn schadenfroh. »Der Junge hat eine gewischt gekriegt.«

Cisers Kommentar war nicht druckreif.

Aber diesmal hatten wir wenigstens die Lacher auf unserer Seite.

Diesmal mußten wir drei Tage warten, ehe es wieder soweit war. CI IVs Reparatur nahm die meiste Zeit davon in Anspruch. Wir hätten natürlich einen andern Kybernauten einsetzen können, aber wir waren nun mal ein eingespieltes Team (Ciser meinte, wir könnten ganz gut als Komiker auftreten, aber niemand von uns konnte darüber lachen), und wir wollten bei diesem entscheidenden Experiment keinen Neuling dabeihaben. Außerdem wäre es CI IV gegenüber unfair gewesen. Und uns kam die Pause ganz recht — nach den beiden Katastrophen brauchte jeder eine Zeit der Ruhe.

Es war alles so wie die beiden Male zuvor. CI IV stand auf dem Dach — diesmal würde er die Drachenschnüre bestimmt loslassen —, das Monster hing unter der Decke, und wir warteten gespannt.

Auf die Minute genau heulte der Sturm los. Dann kam der Donner, dann die Blitze. Das bekannte blaue Leuchten brach aus den Elektroden.

Renn sah nachdenklich nach der Tür zum Dach.

Ich schenkte ihm einen bösen Blick, und er schluckte die Bemerkung hinunter, die ihm auf den Lippen gelegen hatte.

›Walt.‹

›Wir sind soweit, Chef‹, antwortete ich.

›Gut. Diesmal muß alles gutgehen.‹

›Keine Sorge‹, beruhigte ich ihn. ›Es kann nichts mehr passieren. CI IV hat seine Lektion gelernt, die Geräte sind in Ordnung — es wird klappen.‹

›Es muß klappen, Walt. Im Vertrauen gesagt, wir sind dabei, uns lächerlich zu machen.‹

Ich konnte Cisers Besorgnis verstehen, aber ich hoffte, daß er meine Gedankenströme nicht so deutlich empfing, um zu merken, wie nervös ich in Wirklichkeit war. ›Es wird alles klappen, Chef. Diesmal klappt es. Es muß klappen. Es hängt zuviel davon ab‹, telepathisierte ich in gespieltem Optimismus. ›Gut. Dann ... dann wünsche ich euch viel Glück.‹

›Danke, Chef.‹

Das Experiment begann.

Ich gab Boyd das Zeichen. Er schaltete die Dämpfer aus, die die furchtbare elektrische Gewalt der Blitze bisher in den Elektroden gefangen hatten.

Ein berstender Schlag ließ den Turm in den Grundfesten erzittern. Kalk und Staub rieselten von der Decke.

Ein zweiter Schlag traf den Turm. Unter der Decke glühten die Elektroden gelb auf, dann weiß. Grelle Lichtbogen spannten sich mit einemmal zu der Liege mit dem eingewickelten Monster, verteilten Funken, die wie grellweiße Leuchtkäfer zu Boden sanken und erloschen. Es stank nach verbrannter Isolation und Gummi.

»Es — es klappt«, stammelte Dawlin hinter mir. »Walt — es — es klappt! Es funktioniert!«

Ich antwortete nicht. Meine Augen hingen wie gebannt an der Unterseite der Metallpritsche, die an schweren Ketten unter der Decke hing und immer wieder von weißglühenden Lichtfingern getroffen wurde. Ein helles, rosagelbes Leuchten umgab das Metallgebilde.

Ein dritter Blitz schlug in die Drachen über dem Turm, tobte in Form von elektrischer Energie durch die Kupferdrähte und schmetterte in die Liege.

»Das genügt«, sagte ich. Boyd griff nach dem Hebel, zog ihn herunter und schaltete den Strom ab.

»Es ist vollbracht«, flüsterte CI IV neben mir. Selbst seine Plastikseele schien die Größe des Augenblickes zu erfassen, die Bedeutung, die dieses Experiment für die Zukunft der Menschheit und der Welt haben konnte.

»Laß ihn runter«, sagte ich leise. »Aber vorsichtig.«

Dawlin machte sich daran, die Pritsche mit Hilfe des Flaschenzugs herunterzulassen.

Ich starrte gebannt auf die langsam tiefersinkende Konstruktion. Wie viele Meter waren es? Neun? Oder zehn? Mir erschien es, als hinge die Liege Lichtjahre weit weg und bewege sich im Schneckentempo auf uns herab. Ich fieberte vor Ungeduld. Es hatte geklappt! Wir hatten endlich Erfolg gehabt! Und wenn Sullis Beschreibung richtig war, wenn der Bericht, den er uns hinterlassen hatte, nicht durch Mißinterpretation oder Unwissenheit verfälscht worden war, mußten wir in wenigen Augenblicken das Wunder des Lebens an sich sehen, die ultimate Waffe, mit der wir selbst den Tod besiegen konnten, anstatt ihn wie bisher um ein paar lächerliche Jahrhunderte hinauszuschieben.

Die Pritsche bewegte sich mit quälender Langsamkeit. Während der letzten Sekunden schloß ich die Augen, weil ich meinte, die Spannung nicht länger ertragen zu können.

Das Geheimnis lag vor uns, vor mir. Jetzt, in wenigen Sekunden, würde das Geschenk unserer Ahnen in unseren Händen liegen, dieses siebentausend Jahre alte Vermächtnis einer von uns lange unterschätzten Rasse.

Ich lauschte auf das leise Quietschen der Ketten, die kaum merklichen Geräusche der anderen und wartete ungeduldig auf den Moment, in dem ich die Augen öffnen und das Wunder schauen konnte.

Ich hörte Renn scharf die Luft einsaugen; Boyd stieß ein überraschtes Keuchen aus.

Dann öffnete ich die Augen.

Die Liege schwebte dicht vor mir, vielleicht einen halben Meter über dem Boden.

Das Metallgestell glühte dunkelrot und war an verschiedenen Stellen auseinandergebrochen und verbogen. Der Stoffbelag war weggebrannt, und dort, wo das Monster gelegen hatte, befand sich ein rauchender, stinkender Aschehaufen von den ungefähren Umrissen einer menschlichen Gestalt.

Diesmal lachte sogar Ciser.

»Ich kündige!« schrie ich. Während der letzten fünfzehn Minuten, seit dem Augenblick, als ich Cisers Büro betreten hatte, hatte ich es ungefähr dreißigmal geschrien. Aber Ciser schien davon nicht sehr beeindruckt.

»Ich verstehe ja Ihre Erregung — und Ihre Enttäuschung«, sagte er sanft. »Aber — gewisse Schwierigkeiten sind bei einem wissenschaftlichen Experiment nun einmal nicht zu umgehen.« Er beugte sich vor und lächelte aufmunternd. »Sie wissen so gut wie ich«, sagte er, »daß Shelly kein wissenschaftlich ausgebildeter Mensch war und das Ganze in Romanform beschrieben hat. Wahrscheinlich hat er viele Einzelheiten vergessen.«

Ich starrte ihn böse an. »Vor allem konnte er nicht damit rechnen, daß sein Experiment von einem Haufen Vollidioten und einer schrottreifen Konservenbüchse wiederholt wird«, sagte ich giftig.

Ciser atmete tief ein und begann nervös auf der Tischplatte zu trommeln. »Wir können jetzt nicht aufgeben«, sagte er bestimmt. »Wir machen uns vor dem Rest der Welt unmöglich — und wir brauchen die Ergebnisse.« Er sah mich ernst an. »Wenn Sie aufgeben, Walt, wird ein anderer weitermachen. Möchten Sie das? Wollen Sie wirklich, daß ein anderer Ihnen den Erfolg wegnimmt? Jetzt? So kurz vor dem Ziel?«

Ich schwieg beharrlich.

Ciser, der mein Verhalten wohl falsch auslegte, lächelte zufrieden. »Sehen Sie — wir verstehen uns. Sie können sich Zeit lassen — einen Monat — zwei. Egal. Die Computer stehen kurz davor, die restlichen Bücher zu entschlüsseln. Vielleicht findet sich darin noch der eine oder andere Hinweis, der Ihnen hilft.«

»Hmmm . . .«

»Also?« fragte er nach einer Weile. »Machen Sie weiter?«

Ich überlegte lange, ehe ich antwortete. »Ja. Ich — ich mache weiter. Aber nur noch ein Versuch. Dann«, fügte ich drohend hinzu. »kündige ich wirklich.«

Ciser grinste zufrieden. »Ich hoffe, das wird nicht nötig sein.«

Er konnte ja nicht wissen, wie wahr seine Worte werden sollten.

Wenn Sie Besitzer eines TRIVI-Gerätes sind, kennen Sie den Rest. Ich weiß es mit Bestimmtheit, weil Ciser uns kurz vor Beginn des Versuchs mitteilte, daß wir eine Sehbeteiligung von einhundert Prozent hatten — etwas, das noch nie vorgekommen war.

Und ich wußte noch nicht einmal, ob ich stolz darauf sein sollte.

Seit dem letzten Akt des Dramas waren drei Wochen verstrichen, in denen wir die Schäden reparierten, einen neuen Körper für unser Monster besorgten und die ganze Anlage ein letztesmal überprüften. Boyd hatte einen Spannungsregler eingebaut, der die Energie der Blitze soweit dämpfte, daß uns nicht noch einmal das gleiche passieren konnte wie beim letztenmal. Bei genauer Betrachtung waren wir ziemliche Idioten gewesen; alle. Jedem Kind mußte klar sein, daß die ungeheure Energie eines Blitzes einen menschlichen Körper in Sekundenschnelle atomisieren mußte. Aber manchmal sieht man eben den Wald vor lauter Bäumen nicht. Außerdem hatte es seit Jahrhunderten keine Gewitter mehr gegeben, und niemand hatte noch so eine rechte Ahnung von den Gewalten gehabt, die in einem Blitz schlummerten.

»Okay«, sagte Dawlin. »Fangt an.«

Ich warf einen letzten nachdenklichen Blick zur Decke, wo die Liege mit dem Monster hing.

Dann griff ich mit einer entschlossenen Bewegung nach dem Hebel, der die Energie freigeben würde, und schob ihn nach vorne. Ich rechnete fast damit, daß er abbrechen würde, aber er tat es nicht.

Es war wie die Male zuvor. Krachende Donnerschläge erschütterten den Turm, blendendes Licht brach aus der Decke, ergoß sich über die Pritsche und tauchte das Labor in schattenlose Helligkeit.

Wir hatten einen Bildschirm installieren lassen, auf dem wir jede noch so kleine Bewegung des Monsters verfolgen konnten.

Renn zählte die Einschläge mit. »Drei ... vier ... fünf ... ich glaube, das reicht jetzt.«

Ich schüttelte den Kopf. »Noch einen Augenblick.«

Das Monster lag ruhig auf der Bahre. Blaues, geisterhaftes Licht umspielte den riesigen, verhüllten Körper. Da — bewegte sich etwas? Ich konnte es in der schmerzhaften Helligkeit nicht genau ausmachen, aber ich war beinahe sicher, daß sich der massige Körper bewegt hatte.

»Das reicht«, murmelte ich. Ich griff nach dem Hebel, um die Anlage abzuschalten.

Er klemmte und brach ab.

Für ein, zwei endlose Sekunden war ich unfähig, irgend etwas anderes zu tun als auf den abgebrochenen Hebel zu starren. Dann legte ich ihn langsam, ganz langsam zur Seite und schloß die Augen.

Ein ungeheurer Schlag traf den Turm. Der Boden schwankte, Kalk und Steinbrocken rieselten von der Decke. Irgendwo zerbrach ein Glasbehälter.

»Walt!« Renns Stimme überschlug sich. »Schalt ab! Schalt doch ab!«

Er starrte mit vor Entsetzen geweiteten Augen nach oben.

Die Liege glühte hellrot. Flammen schlugen aus ihrer Oberseite, leckten nach den Elektroden und züngelten gegen die Decke. Auf dem Bildschirm tobte ein Chaos aus Feuer und Helligkeit.

»Schalt ab!« wimmerte Boyd. »Schalt doch endlich ab! Die Energie wird zu . . .« Der Rest des Satzes ging in einem ohrenbetäubenden Dröhnen unter, das durch den Turm fuhr und schmerzhaft in unseren Köpfen explodierte. Der Boden schien plötzlich emporzusteigen und sich gleich darauf wieder zu senken. Ich strauchelte und fiel lang hin. Neben mir krachte eine schwere Steinplatte zu Boden und zerbrach in kleine Stücke.

Ich wälzte mich keuchend auf den Rücken.

Die Liege war zu einem glühenden Etwas zusammengeschmolzen.

Die ganze Decke schien zu brennen. Flüssiges Metall tropfte auf den Boden, in den Wänden erschienen lange, gezackte Risse. Wieder erbebte der Turm unter einem Einschlag, noch härter und vernichtender als zuvor. Ein Teil der Südwand brach zusammen und stürzte nach draußen. Blaue Entladungsblitze zuckten von der Decke, fuhren zischend und kreischend unter die Laboratoriumseinrichtung und ließen Geräte und Glaskolben funkensprühend explodieren.

Ich rappelte mich mühsam hoch und schrie:

»Raus hier!«

Es wäre nicht nötig gewesen — ich war sowieso der letzte, der sich noch im Labor aufhielt. Renn und Dawlin waren bereits verschwunden, und Boyd stand händeringend unter der Tür und wartete auf mich. »Los!« schrie er. »Beeil dich!«

Ich rannte los, so schnell ich konnte. Der Turm dröhnte jetzt wie eine riesige Glocke. Flammen schlugen nach mir, etwas explodierte hinter meinem Rücken und schickte mir eine Salve kleiner, scharfkantiger Splitter hinterher.

Es war mörderisch heiß.

Die Treppe brach hinter uns zusammen, als wir das Erdgeschoß erreicht hatten. Der Turm schwankte, es regnete Steine und Feuer.

»Nichts wie weg!« schrie Dawlin, der mit schmerzverzerrtem Gesicht im Freien auf uns wartete. »Der Turm kann jeden Augenblick einstürzen.«

Wir hetzten los, hinter uns der schwankende Turm, das Krachen der Blitze und das Prasseln der Flammen. »Wo ist CI IV?« keuchte ich.

»Schon in Deckung«, antwortete Dawlin. »Er war als erster draußen.«

Wir erreichten die Felsen und warfen uns in Deckung.

Niemand sagte ein Wort. Das Entsetzen saß zu tief, die Wut, die Enttäuschung. Wir waren der Lösung so nahe gewesen, so nahe!

Und dann . . .

Der Turm erzitterte unter einem letzten, gewaltigen Einschlag. Ich sah, wie die beiden Drachen zu funkensprühenden Metalltropfen zusammenschmolzen und in die Tiefe taumelten. Dann brach der Turm zusammen. Er neigte sich ganz langsam zur Seite, zitterte wie ein waidwundes Tier und sank in einer Wolke aus Staub und Feuer in sich zusammen.

Ciser kam eine halbe Stunde später. Natürlich hatte er das Geschehen über TRIVI verfolgt — genau wie Milliarden anderer — aber er hatte wohl auch gesehen, daß wir bis auf ein paar Schrammen unversehrt davongekommen waren. Und wahrscheinlich hatte er die Zeit bis jetzt gebraucht, um sich soweit zu erholen, daß er wieder die Kraft besaß, um in einen Fluggleiter zu steigen.

Ich beobachtete die kleine, eiförmige Maschine aus der Deckung der Felsgruppe heraus. Sie kam in einer steilen Kurve herangeschossen, näherte sich den immer noch qualmenden Trümmern, die von unserem Turm übriggeblieben waren, und kreiste eine Zeitlang darüber. Dann wendete sie und kam schnurstracks auf unsere Deckung zugerast.

Ich sah mich nach einem passenden Versteck für den Fall um, daß Ciser damit beginnen würde, uns zu bombardieren. Aber meine Befürchtungen waren übertrieben. Er tat nichts dergleichen. Die Maschine setzte wenige Meter neben unserer Deckung auf, und Ciser kletterte ins Freie.

Aber was für ein Ciser. Ich hatte ihn noch nie in einem solchen Zustand gesehen. Deprimiert wäre untertrieben. Er wirkte ... zermalmt, ist wohl das richtige Wort. Von allen Reaktionen, die ich erwartet hatte, war sie die unwahrscheinlichste. Wut, ja. Hohn — Zorn — Herablassung ... aber das? Wie er so vor uns stand, mit gesenktem Kopf, traurig dreinblickenden Augen und hängenden Schultern, hätte man glauben können, er wäre es gewesen, der alles vermasselt hätte, und nicht wir.

»Walt«, sagte er leise. »Ich, ich ...«

»Ja?«

In seinen Augen lag ein unglücklicher Ausdruck. Er schien kurz davor zu stehen, in Tränen auszubrechen. »Idioten«, sagte er leise. »Kurzsichtige, gutgläubige Narren.«

Ich schluckte. Aus Cisers Mund waren diese Worte die reine Schmeichelei. Aber vielleicht war dies nur die Ruhe vor dem Sturm. Ich trat vorsichtshalber einen Schritt zurück und sah mich nach einem Fluchtweg um.

»Wer?« fragte CI IV aus seinem Versteck heraus.

»Wir«, antwortete Ciser ruhig. »Wir alle. Du, ich, Renn, Walt.« Er machte eine weitausholende Geste mit beiden Armen. »Die ganze Welt. Wir haben uns für alle Zeiten blamiert, Walt.«

Ich nickte zerknirscht. »Sicher, Chef. Es tut mir ja auch . . .«

Ciser hörte gar nicht zu. »Die Rechner haben die restlichen Bücher entschlüsselt«, sagte er leise. »Wir haben richtig vermutet — es waren wissenschaftliche Fachbücher, Berichte, Reportagen. Und wir sind auf eine erstaunliche Tatsache gestoßen — unsere Vorfahren hatten noch etwas, das wir nicht mehr kennen.« Er sah mir einen Moment lang tief in die Augen. »Science Fiction«, sagte er schließlich.

»Science was?« echote ich.

»Science Fiction«, wiederholte Ciser. »SF . . . Phantastische Romane . . . eine . . . eine Form der Unterhaltung, die irgendwann während oder nach dem Zusammenbruch verlorenging. Erfundene Geschichten, Stories, die sich dafür geschulte und hochbezahlte Leute ausdachten, um ihre Zeitgenossen damit zu unterhalten.«

»Aber . . .« Ich verstummte. Allmählich machte sich in meinem Gehirn eine schreckliche Ahnung breit. »Du — du — du meinst . . . Frankenstein . . . 20000 Meilen unter dem Meer . . . die Reise zum Mond . . . das alles ist . . .«

Ciser nickte. »Erlogen«, sagte er einfach. »Alles nicht wahr. Es hat nie einen Doktor Frankenstein gegeben und erst recht kein Monster. Alles nur eine erdachte Geschichte, ohne jeden realen Hintergrund. Und wir Idioten sind darauf hereingefallen.«

Seit dieser Geschichte sind über dreißig Jahre vergangen. Ciser hat sich kurz darauf pensionieren lassen. Er war sowieso alt, und ich glaube, die Frankenstein-Geschichte hat ihm den Rest gegeben.

Dawlin und Renn haben eine neue Anstellung gefunden, irgendwo hinter der Grenze des Sonnensystems, wo es noch Orte ohne TRIVI gibt, kleine, autarke Welten, wo niemand etwas von unserer Blamage wußte.

CI IV arbeitet jetzt im Museum für Altertumsforschung, und

was Boyd macht — keine Ahnung. Ich habe ihn seit damals nicht mehr gesehen.

Und auch ich habe eine neue Beschäftigung gefunden, nachdem das Institut aufgelöst wurde. Ich habe mir eine Schreibmaschine gekauft und lebe seither davon, mir Geschichten auszudenken.

Die Leute amüsieren sich darüber.

Und ich mich über sie.

Der Autor:
Wolfgang E. Holbein wurde 1953 in Weimar geboren; seit Anfang der sechziger Jahre lebt er in Meerbusch bei Düsseldorf. Hauptberuflich als kaufmännischer Angestellter tätig, schreibt er als Autodidakt in seiner Freizeit SF-Erzählungen und Horror-Romane, von denen einige bereits veröffentlicht wurden.

UM RÜCKFRAGEN ZU VERMEIDEN

Wir veröffentlichen die Anzeigen für die HEYNE SF-BÖRSE in der Reihenfolge des Eingangs. Bitte beachten Sie aber, daß der technische Vorlauf, also die Zeit zwischen Redaktionsschluß und Erscheinungstermin, 4 Monate beträgt. Sie werden Ihre Anzeige also jeweils frühestens in der übernächsten Nummer des Magazins finden, wahrscheinlich aber erst in der Nummer darauf.

Bitte beachten Sie auch, daß wir **keine Werbeanzeigen** für Fanzines und dergleichen veröffentlichen.
Und noch eine Bitte: Versehen Sie Ihre Anzeige mit Namen und vollständiger Anschrift. Die Angabe auf dem Kuvert genügt nicht, weil die Post auf der Poststelle des Verlags aufgeschnitten wird und das Kuvert nicht selten verlorengeht. Wir konnten einige Anzeigen leider nicht veröffentlichen, weil die Anschrift fehlte oder unzureichend war. Bitte denken Sie in Zukunft daran. Danke!

SUCHE:
Langrenus, Das Reich im Mond, ders., Im Banne des Alpha Centauri
Georg Huber, Von-Frays-Str. 16, 8000 München 60

SUCHE:
Heyne-SF 3487 (Titan – 1), 3520 (Titan – 3)
Holger Christiansen, Bismarckstr. 69, 2390 Flensburg

SUCHE:
Katherine Kurtz, Das Geschlecht der Magier (Heyne SF 3576)
Michael Lothal, Bodelschwinghstr. 17, 5400 Koblenz

VERKAUFE:
Perry-Rhodan, 1. Auflage: Band 1 bis jetzt, teilweise gebunden
Herbert Neumann, Postfach 2749, 8520 Erlangen

SUCHE:
Heyne-SF 3520 (Titan 3), 3533 (Titan 4), 3546 (Titan 5); Alfred Bester, Die Rache des Kosmonauten (3051); Robert E. Howard: Conan der Krieger (3258), Conan der Usurpator (3263), Conan der Eroberer (3275), Conan der Rächer (3283), Conan von den Inseln (3295), Conan der Bukanier (3303)

VERKAUFE:
E. R. Burroughs, Krieg auf der Venus (3222); Olaf Stapledon, Sirius (3471); Robert Chilson, Wo die letzten Menschen hausen (Goldmann 23305); Stephen Robinett, Das Sternentor (23286); Jack Finney, Die Körperfresser kommen (23324); T. B. Swann, Die Nichtwelt (23262); Marion Zimmer Bradley, Die Herrin der Stürme (Knaur 5717); John Brunner, Am falschen Ende der Zeit (5712); Clark Darlton, Planet der Mock (Moewig, Perry Rhodan TB 1), ders., Todesschach (Terra SF 184); H. G. Ewers, Menschen aus der Retorte (Perry Rhodan TB 69), ders., Die Zeitspringer (7), Hans Kneifel, Strafkolonie Erde (74), ders., Bruder der stählernen Wölfe (56), ders., Formel des Todes (110), Andre Norton, Blut der Sternengötter (Pabel Terra SF 216)
Jochen Schorr, Achwiesenweg 14, 7972 Isny

VERKAUFE:
Philip K. Dick, Zehn Jahre nach dem Blitz; Jewgenij Samjatin, Wir; David Lindsay, Die Reise zum Arcturus; Andre Norton, Sturm über Warlock; Leslie P. Davies, Der Mann aus der Zukunft; Peter van Greenaway, Bruder der Gorgonen; The Magazine of Fantasy & SF, 40; Colin Kapp, Der Meister des Chaos; George Zebrowski, Der Erbe des Untergangs
Alan Burt Akers: Transit nach Scorpio, Die Sonnen von Scorpio, Der Schwertkämpfer von Scorpio, Die Armada von Scorpio, Die Menschenjäger von Scorpio, In der Arena von Antares, Die Waffenbrüder von Antares, Der Rächer von Antares, Die fliegenden Städte von Antares, Der Prinz von Scorpio
Isaac Asimov, Stories from the Hugo Winners (vol. 2 – englische Ausgabe)
Frank Hamster, Danziger Weg 4, 6238 Hofheim/Taunus

VERKAUFE:
Wegen Sammlungsaufgabe ca. 1400 SF-Bände; Schwerpunkte: alte Moewig/Pabel-Hefte, alte und neue Heyne-, Ullstein-, Goldmann-, Pabel-, Knaur-Bände sowie gebundene Ausgaben. Liste anfordern
Hans Schumann, Albertstr. 17, 4330 Mülheim/Ruhr

SUCHE:
Heyne-SF: 3020, 3040, 3041, 3044, 3046, 3049, 3052, 3060, 3068, 3077, 3085, 3093, 3095, 3101, 3103, 3116, 3126, 3128, 3138, 3152, 3153, 3155, 3159, 3161, 3175, 3179, 3196, 3208, 3211, 3247, 3251, 3270, 3277, 3285, 3299, 3312, 3318, 3334, 3336, 3358, 3370, 3383, 3386, 3387, 3399, 3405, 3465, 3474, 3478, 3481, 3500, 3520, 3524, 3540, 3546
Stefan Mertens, Steinendorfer Str. 37, 5650 Solingen 11

SUCHE:
Heyne-SF: Die besten Stories aus The Magazine of Fantasy and Science Fiction 1–47; Titan 1–6; Story Reader 1–8; Ullstein-SF Stories 3–40, 48, 50, 57, 59, 61, 64
Harald Bareither, Fichtenweg 27, App. 016, 7400 Tübingen

SUCHE:
Alan Burt Akers: Der Schwertkämpfer von Scorpio (3488), In der Arena von Antares
Eckard Lelewel, Moosbronner Str. 41, 7505 Ettlingen 4

SUCHE:
Ullstein-SF 1, 3, 8, 10, 11, 15, 16, 18, 22, 23, 24, 27, 33, 34, 35, 41, 45, 56, 59
Damon Knight's Collection 2, 3, 5, 6, 7, 9, 10
SF Story Reader 1, 2, 3, 5
Titan 2, 3
Polaris 1, 2
W. Jeschke (Hrsg.), Planetoidenfänger
Nur gut erhaltene Bücher
Peter den Hoet, Hansaring 10, 2350 Neumünster

VERKAUFE:
Amerikanische SF- und Fantasy-Bücher, Bildbände (Frazetta, Boris etc.), Portofolios (Adams, Wrightson, Smith u. a.), Comics (Conan, Kull etc.) sowie Posters und Prints. Liste gegen Rückporto (40 Pf.)
Jari Späte, Eichstr. 40, 3000 Hannover 1

SUCHE:
Bloch, Das Regime der Psychos (Heyne 3407); Psycho (1193); Der seidene Schal (1274); Amok (1306); Lovecraft: 21 Grusel Stories, Stadt ohne Namen (Insel); Leiber: Die programmierten Musen (FO 8), Eine tolle Zeit (FO 41); Schwerter von Lankhmar (Heyne 3339), Ein Gespenst sucht Texas heim (3409), Schwerter im Kampf (3501), Spielball der Hexen (Pabel); Bradbury: Das Böse kommt ... (Fischer 1224 oder MvS), Der Besucher aus dem Dunkel (Heyne 935); Derleth, Auf Ctulhus Spur (Insel); C. A. Smith, Der Planet der Toten (Insel); J. Ray, Die Gasse der Finsternis (Insel)
Lars Menk, Zum Birkenhof 2, 2805 Stuhr 5

SUCHE:
Alte SF-Romanhefte wie Sun Koh, Jan Meyen, Rah Norten, Der Luftpirat, Jo Marson, Kapitän Mors usw.
Alte SF-Comics wie Nick, Meteor, Titanus, Tiania, Fulgor, Rake, Abenteuer des Kapitän Rob, Superman 1950, 3D Bildhefte, Ill. Klassiker, SF-Ausgaben usw.
Manfred Deichsel, Schachter Str. 12, 3527 Calden 1

SUCHE:
Ullstein-SF 3, 5, 7, 8, 9, 10, 11, 12, 13, 14, 16, 17, 20, 54, 55, 56, 58, 59, 60, 61, 62, 68, 69, 70, 72, 73, 74, 76, 77, 78
Heyne-SF 3011, 3013, 3015, 3017, 3019, 3025, 3027, 3031, 3048, 3056, 3064, 3073, 3089, 3097, 3110, 3122, 3145, 3165, 3186, 3204, 3237, 3255, 3272, 3288, 3305, 3385 (Bände nur in gutem Zustand)
Gunnar Radons, Schwetzinger Str. 171, 6800 Mannheim 1

SUCHE:
Heyne-SF 3144, 3173, 3265, 3302, 3326, 3376, 3476, 3488, 3496, 3504, 3512, 3534, 3585, 3607, 3634
Frank Drehmel, Klosterhagen 11, 2050 Hamburg 80

SUCHE:
Stanley Ellin, Böse Augen (Heyne 1082)
Fritz Bachtrögler, Handelskai 214/12/9/82, A-1020 Wien/Österreich

---

SUCHE:
Heyne-SF: Robert E. Howard (3202, 3206, 3210, 3236, 3245, 3258, 3263,

3275); Alfred E. van Vogt (3117, 3076); Fritz Leiber (3315, 3323, 3331, 3339); Ian Wallace (3246); Frank Herbert (3384); Robert A. Heinlein (3336); John Wyndham (3055)
Robert E. Howard (Terra Fantasy 3, 11, 17, 23, 28, 29, 37)
Arthur C. Clarke, Die Erde läßt uns los; Edmond Hamilton, Herrscher im Weltraum (beide Gebr. Weiss Verlag, Berlin)
Reinhold Heck, Hauptstr. 15, 5569 Beinhausen

SUCHE:
Heyne-SF: Robert A. Heinlein, Das geschenkte Leben, Die lange Reise; alle Bände von Ray Bradbury, Ursula K. Le Guin, Brian Aldiss, Philip K. Dick, H. G. Wells und John Brunner (kaufe auch ganze Sammlungen der genannten Autoren auf)
Gebr. Weiss Verlag: alle Hardcover von Robert A. Heinlein (Endstation Mond u. a.); Knaur SF-Taschenbücher
Harald Jansen, Buchenstr. 20, 4047 Dormagen

SUCHE:
Ältere (aber auch neuere) Heyne-SF u. a., gut erhalten, Tausch bevorzugt

VERKAUFE:
Ca. 200 PR-Romane, PR-TB, Terra Astra, Orion, Ullstein, Schallplatten etc.
Peter Schäfer, Carl-Ludwig-Schleich-Str. 5/2, 7518 Bretten

SUCHE:
Heyne-SF 39, 58, 103, 219, 266, 272, 286 (nur 1. Auflage)
Terra-Sonderband 3, 4, 5, 14, 21, 22, 24, 26, 27, 28, 30, 31, 33, 36, 38, 45, 47, 48, 49, 50, 51, 53, 54, 59, 60, 61, 63, 64, 70, 71, 72, 76, 85
Terra Nova 9, 57, 60, 89, 144
Zauberkreis-Hefte 10, 12, 14, 19, 21, 27, 32, 42, 45, 47, 60, 86, 104, 116, 164
Thomas Schall, Rektor-Ritter-Str. 2, 2050 Hamburg 80

SUCHE:
Stanislaw Lem, Besuch im Weltraum (urspr. Die Magellansche Wolke), vollständiges, guterhaltenes Expl.
Jörg Spelberg, Äulestr. 42, App. 103, 7400 Tübingen

VERKAUFE:
Der S.F.F. – Science Fiction-Flohmarkt – hat für jeden Sammler das Richtige. Verkaufsliste anfordern oder Suchliste einsenden (alle 2 Monate neue Liste, u. a. auch mit Versteigerung von Raritäten); Rückporto beilegen
Wolfgang Dirschauer, Berliner Allee 40, 2000 Norderstedt

VERKAUFE:
350 guterhaltene Perry Rhodan

SUCHE:
Originalausgabe Der Herr der Ringe (nicht die kartonierte Sonderausgabe!)
Perry Lange, Eichenstr. 6, 2870 Delmenhorst

SUCHE:
Heyne-SF 3130 (Keith Laumer, Galaktische Odyssee), 3222 (Edgar Rice Burroughs, Krieg auf der Venus), 3129 (Edgar Rice Burroughs, (Auf der Venus verschollen)
Michael Kühnapfel, Hubertstr. 270, 4300 Essen 13

SUCHE:
Heyne-SF 3011, 3012, 3015, 3017, 3019, 3021, 3023, 3024, 3025, 3027, 3031, 3034, 3035, 3040, 3068, 3073, 3075, 3077, 3081, 3085, 3089, 3093, 3097, 3103, 3106, 3110, 3116, 3122, 3128, 3131, 3142, 3145, 3151, 3155, 3165, 3251, 3255, 3267, 3270, 3272, 3281, 3297, 3305, 3309, 3313, 3316, 3324
Heyne-Anthologien 2, 5, 6, 8, 11, 12, 14, 17, 20, 23, 30
Heyne-Horror 889
Heyne-Allgemeine Reihe 11, 166, 214, 224, 236, 248, 260, 272, 286, 293, 299
SF-Taschenbücher, die Stories enthalten
Rudolf Friedrich, Fliedener Str. 11, 6490 Schlüchtern 5

SUCHE:
Alan Burt Akers: Transit nach Scorpio (Heyne 3459), Die Sonnen von Scorpio (3476), Der Schwertkämpfer von Scorpio (3488)
Martin Knauf, Brunostr. 23, 4030 Ratingen

SUCHE:
Heyne-SF 3001 (39), 3002 (58), 3007 (149), 3011 (214), 3016 (241), 3019 (260), 3020 (266), 3022 (278), 3032, 3039, 3042, 3167
Goldmann 0191

VERKAUFE ODER TAUSCHE:
Bastei 1–31, 21032–21090, 21095–22005, 22010–22013, 22015, 22017, 22019, 22021
Terra-Sonderbände, 25 diverse von 50–99, Terra-Großbände, 100–319 komplett, 321–324, 326, 328–334
Utopia (14 diverse sog. Großbände); Galaxis-Magazin 4 sowie weitere TB verschiedener Verlage und sog. Kleinbände (Serien), keine Perry Rhodan
Hans Kaiser, Siegfried-Leopold-Str. 62, 5300 Bonn 3

SUCHE:
Michael Moorcock: FO 11, GWTB 0156, H 3348, H 3399, H 3492, TA 224, TF 12, TF 18, TF 24, TF 30, TN 141
Goldmann WTB 044, 0152
Heyne 3002 (58), 3161, 3247, 3368, Anthologie 20, 34
Frank Hofmann, Moritz-von-Schwind-Str. 3, 6090 Rüsselsheim

SUCHE:
Ullstein 2000, SF Stories Band 25
Matthias Dorr, Völklinger Str. 18, 6800 Mannheim 31

SUCHE:
Heyne Galaxy 1, 2, 4, 8, 9 oder komplette Reihe. Zahle 5,– DM für gut-erhaltene Bände
Hans-Joachim Voss, Beerenweg 23, 2177 Tostedt

SUCHE:
Heyne-SF 3049, 3066, 3101, 3123, 3125, 3179, 3217, 3343, 3384, 3422, 3042 (oder Goldmann 23321) in gutem bis sehr gutem Zustand
Terra Sonderband 48, 68
Terra TB 269
Bernd Leisinger, Auf der Kuppe 10, 6746 Hauenstein

SUCHE:
Deutsche Erstausgaben aller Bücher von Jack Vance und Philip K. Dick in neuwertigem und sehr gut erhaltenem Zustand

VERKAUFE ODER TAUSCHE:
Englische und amerikanische SF-Bücher und -Taschenbücher, neue sowie alte und vergriffene Titel in ausgezeichnetem Zustand; Erstausgaben, Ace Doubles, Doubleday, DAW, Ballantine; vom Autor signierte Bände (Philip José Farmer, Frederik Pohl, Joe Haldeman, Marion Zimmer Bradley, Harry Harrison, J. G. Ballard, Arthur C. Clarke, Brian W. Aldiss, Brian Stableford, Alan Dean Foster, Colin Kapp, Michael Moorcock, Anne McCaffrey, Poul Anderson, Ramsey Campbell, Katherine Kurtz, E. C. Tubb, Bob Shaw, Ben Bova, Larry Niven, Christopher Priest, Jack Vance, Robert Silverberg, Alfred Bester, Harlan Ellison, L. Sprague de Camp, Douglas Adams, Fritz Leiber
Michael Anft, 30 Frazier Street, London SE1 7BG/England

SUCHE:
Galaxy 1, 4, 8; SF-Magazine 1, 2, 4–7, 10, 11, 17, 18, 20, 23
Klaus Schmidtke, Waldstr. 13, 8014 Neubiberg

VERKAUFE:
Seltene SF, Phantastik und Obscura von 1920–1980. Liste gegen Rückporto
Irmtraud Short, Südanlage 18, 6300 Gießen

SUCHE:
Atlan 352, 355, 414; Perry Rhodan-Sonderheft 1 (Krieg der Sterne); Perry Rhodan-Jahrbuch 1976

VERKAUFE:
Div. Perry Rhodan, Mythor, Zauberkreis, Erber. Liste gegen 0,60 DM Rückporto
Wolfgang Dietrich, Aschaffstr. 97, 8750 Aschaffenburg

SUCHE:
Alle Bände der Conan-, Gor- und Schwerter-Serie; Terra Fantasy-Serie 2, 8; ZBV-Serie 1, 2, 3. Zahle pro Band 4,– DM
Thomas Stockhausen, Hubertusweg 13,
4815 Schloß Holte-Stukenbrock

Liebe Leser,

vielen Dank für die rege Teilnahme auch am zweiten »Urteil des Lesers«. Hier die Ergebnisse:

Joan D. Vinge, DER STURMKÖNIG	Note 4.0238 (5. Platz)
John M. Ford, MANDALAY	Note 3.5238 (4. Platz)
Gene Wolfe, DER GOTT UND SEIN MENSCH	Note 5.0238 (6. Platz)
Kevin O'Donnell, Jr., WAS VERMAG EIN REGENTROPFEN?	Note 2.3809 (1. Platz)
Somtow Sucharitkul, EIN TAG IN MALLWELT	Note 3.0714 (3. Platz)
Peter K. Spies, TRIEBE WIE GLAS	Note 2.8809 (2. Platz)

Diesmal war es die Erzählung »Was vermag ein Regentropfen?« von Kevin O'Donnell, Jr., die die meisten Erststimmen verbuchen konnte. Ganz besonders zu gratulieren ist Peter K. Spies, der einen hervorragenden zweiten Platz belegte, während der mehrfach mit Preisen ausgezeichnete Gene Wolfe, der als einer der größten Stilisten der neueren Science Fiction gilt, weit abgeschlagen wurde.

Eine Anregung unserer Leserin Dagmar Brogsitter aufgreifend, möchte ich Sie darauf hinweisen, daß Sie selbstverständlich auch eine Fotokopie oder eine Postkarte mit den abgeschriebenen und beurteilten Titeln einschicken können, wenn Sie sich scheuen, das Buch zu zerschneiden bzw. eine Seite herauszutrennen.

Zum Schluß noch eine Bitte: Wir mußten leider wieder einige Einsendungen als ungültig aussortieren, bei denen die Leser sich nicht an das Benotungsschema gehalten haben, weil sie sich nicht entscheiden konnten und die 2 etwa zwei Erzählungen verliehen. Offenbar können sich immer noch viele unserer Leser nicht von der Vorstellung schulmeisterlicher Benotung lösen und scheuen sich, eine Note »schlechter« als 3 zu geben. Aber in diesem Zusammenhang heißt 5 nicht »mangelhaft« und 6 nicht »ungenügend«, sondern es bedeutet den Platz in einer Rangliste, in der »Hitparade«, wenn Sie so wollen. Also bitte: 1 für die Story, die Ihnen am besten gefiel, 2 für die zweitbeste, 3 für die drittbeste, 4 für die viertbeste usw. Und vielen Dank schon im voraus für die Teilnahme an diesem Rennen!

Wolfgang Jeschke

DAS URTEIL DES LESERS

☐ Die Strangtänzerin

☐ Der lange Schlaf

☐ Wenn nichts als nur der Wille sagt: Steh auf!

☐ Frankenstein & Co

Geben Sie der Erzählung, die Ihnen am besten gefallen hat, eine 1; der, die Ihnen am zweitbesten gefallen hat, eine 2 usw.

Trennen Sie die Seite heraus oder fotokopieren Sie sie oder schreiben Sie die Titel auf eine Postkarte und senden Sie sie an den

Wilhelm Heyne Verlag
Science Fiction-Redaktion
Türkenstr. 5–7
8000 München 2

Das Ergebnis wird im übernächsten Magazin veröffentlicht.